PERDENDO PERNINHAS

ÍNDIGO

PERDENDO PERNINHAS

Ilustrações
BRUNO NUNES

editora scipione

Perdendo perninhas
© Índigo, 2013

Gerente editorial Fabricio Waltrick
Editora assistente Carla Bitelli
Coordenadora de revisão Ivany Picasso Batista
Revisoras Cátia de Almeida, Ana Luiza Couto

ARTE
Projeto gráfico Thatiana Kalaes
Coordenadora de arte Soraia Scarpa
Assistente de arte Thatiana Kalaes
Estagiária Izabela Zucarelli

CIP-BRASIL. CATALOGAÇÃO NA FONTE
SINDICATO NACIONAL DOS EDITORES DE LIVROS, RJ

I34p

Índigo, 1971-
 Perdendo perninhas / Índigo; ilustrações Bruno Nunes. – 1. ed. – São Paulo: Scipione, 2013.
 128p. : il.

 ISBN 978-85-262-9100-3

 1. Ficção infantojuvenil brasileira. I. Nunes, Bruno. II. Título.

12-8737.   CDD: 028.5
                    CDU: 087.5

ISBN 978 85 08 262 9100-3 (aluno)
ISBN 978 85 08 262 9101-0 (professor)
Código da obra CL 738408
CAE: 272502

2023
1ª edição
10ª impressão
Impressão e acabamento: Vox Gráfica

Todos os direitos reservados pela Editora Scipione, 2013
Avenida das Nações Unidas, 7221 — CEP 05425-902 — São Paulo, SP
Atendimento ao cliente: 4003-3061 – atendimento@scipione.com.br
www.scipione.com.br

IMPORTANTE: Ao comprar um livro, você remunera e reconhece o trabalho do autor e o de muitos outros profissionais envolvidos na produção editorial e na comercialização das obras: editores, revisores, diagramadores, ilustradores, gráficos, divulgadores, distribuidores, livreiros, entre outros. Ajude-nos a combater a cópia ilegal! Ela gera desemprego, prejudica a difusão da cultura e encarece os livros que você compra.

Para minhas amigas do canto da quadra:
Aba, Gro, Daniela, Thaísa, Ana Camila e Eliane.
E para as professoras Marlene e Edméa.

SUMÁRIO

Feliz de quem tem cem perninhas, 18

O mapeamento de uma classe , 11

O vazamento de um líquido marrom não identificado, 15

Eu não disse? Eu disse. Bem que eu disse. Eu não disse?, 22

A luz, 24

A cruz de cada um, 27

A maldição de Ovomaltine, 29

O mapeamento da Doroteia, 32

Hannah e todos os deuses disponíveis, 37

Tripas escorridas, 43

Sagrada alegria súbita, 49

A verdadeira função dos cafezinhos, 52

Fumaça verde, 55

Parasitas sem propósito, 58

Vick VapoRub, 61

O sermão da limusine branca, 66

Eu vou para o cemitério, mas a vida continua, 69

O grande encontro universal das religiões, 74

O casulo azul, 87

Camadas internas, 91

Peixes suicidas, 98

A invisibilidade natural das alunas do sexto ano, 101

Piratas e seus papagaios, 103

O fio de náilon, 106

Linha direta com Pitágoras e outros espíritos úteis, 110

A esfiha terapêutica, 114

O sopro divino, 118

Possibilidades de "De", 122

FELIZ DE QUEM TEM CEM PERNINHAS

Não eram nem sete horas da manhã e eu já estava escondida atrás de uma banca de jornal, tentando dar um jeito no meu cabelo. Mirela, minha segunda melhor amiga, havia acabado de arrancar uma fivelinha vermelha em forma de coração e mandado que eu a escondesse no fundo da mochila. Disse que a fivela ia estragar tudo. Depois mandou que eu puxasse a camiseta do uniforme para fora da calça. Puxei a camiseta para fora.

— Cadê a Cíntia? — ela perguntou.

Cíntia era minha melhor amiga. Éramos três: Cíntia, Mirela e eu. Enquanto falava comigo, Mirela mexia no meu cabelo. Eu costumava prender parte da minha franja atrás da orelha direita. Sempre foi assim. Mas Mirela não queria que minha orelha servisse de anteparo para a minha franja e a puxou para a frente.

— Beeeeeem melhor... — disse. — Então, cadê a Cíntia? Me mostra suas meias.

Eu não sabia da Cíntia. Ergui a calça. Meias brancas, lisas, normais. Nesse dia eu sabia pouca coisa. Sabia que em algum ponto de suas vidas as lagartas passam por uma metamorfose. Deixam de ter dezenas de perninhas, ganham duas asas coloridas e se transformam em lindas borboletas. O problema é que naquela manhã eu não queria ser linda e sair voando por aí. Eu trocaria duas lindas asas coloridas por dezenas de perninhas. É mais seguro. Naquela manhã de segunda-feira, eu sentia que deixava de ter controle sobre a minha forma. Como uma lagarta que chega ao ponto de metamorfose. Sabia que havia chegado o momento de me enfiar num casulo, me dissolver numa sopa de DNA e me reorganizar. Com a diferença de que, no meu caso, não havia casulo onde eu pudesse me enfiar. Nesse primeiro dia de sexto ano eu me sentia como uma sopa, e o futuro era incerto.

— Vamos esperar mais cinco minutos e daí entramos.

O portão da escola já estava aberto há um bom tempo. Alguns minutos antes, quando meu pai me deixou ali, ele perguntou se não íamos entrar. Mirela respondeu por mim e disse que sim, que já estávamos entrando. E meio que entramos. Mas assim que ele virou a esquina corremos para trás da banca de jornal, por causa da fivela que ia estragar tudo.

Em menos de cinco minutos eu estaria oficialmente no EF2 e isso muda tudo na vida de uma pessoa. Eu passaria a ter muitas professoras, uma para cada matéria, e nenhuma delas seria responsável pela nossa classe. Em menos de cinco minutos ninguém mais seria responsável por nós, pois em menos de cinco minutos nós seríamos responsáveis por nós mesmas. Nunca mais eu poderia acordar tarde e ligar a tevê. Agora, até o fim da minha vida, eu teria de acordar cedo, tomar banho, escovar os dentes e cumprir minhas obrigações, com o céu ainda escuro. Era preciso tomar muito cuidado porque dentro de quatro minutos todas as pessoas da escola seriam mais velhas do que eu. Crianças estudam à tarde. De manhã não havia criança na escola. As pessoas que estudavam de manhã eram livres. Elas viviam com seus pais, mas era diferente. Elas tinham opiniões próprias e faziam abaixo-assinados. Mais três minutos e eu estaria no meio delas. E esse seria apenas o primeiro de quatro anos de matérias dificílimas, com provas de cinco páginas em que minha nota seria um número, não mais uma letra. E os números, ao contrário das letras, não têm fim.

— Mais dois minutos — disse Mirela.

Mais dois minutos e eu entraria na escola onde havia estudado durante minha vida inteira. O mesmo prédio, as mesmas classes, as mesmas carteiras. Isso era o mais apavorante de tudo. Algo me dizia que, no instante em que atravessássemos aquele portão, teríamos uma surpresa. Um aluno do ensino médio atiraria Mirela e eu dentro do tanque de areia. Talvez eles jogassem futebol com alunas do nosso tamanho. Nós seríamos a bola.

— Pronto — disse Mirela. — Vamos entrar.

O MAPEAMENTO DE UMA CLASSE

No pátio, em um painel de avisos, descobrimos onde ficava nossa nova classe. Havia um aglomerado de alunos diante de uma parede que continha vários painéis, um para cada série. Você procurava no painel as opções de sexto ano. Eram quatro: sexto A, sexto B, sexto C e sexto D. Então você via em qual desses estava seu nome. Mirela e eu nos espremamos entre o aglomerado de ex-colegas. Todos misturados. Ex-colegas de verdade, do nosso finado quinto ano C, e colegas de outras turmas. Enquanto eu procurava meu nome, meti a mão nos bolsos e fiz figa para que Mirela e Cíntia estivessem na mesma opção de sexto que eu. De tanto em tanto, ouvíamos vivas de colegas que tinham caído juntos. Mas, quando Mirela constatou que o nosso trio não tinha sido desmembrado, ela não fez escândalo. Simplesmente virou-se para mim e informou:

— Sexto ano D, vamos lá.

Partimos como duas passageiras que acabam de conferir o número do voo num aeroporto internacional. Voar de avião era algo corriqueiro para nós. Antes de partir, procurei por Cíntia no aglomerado de alunos, mas nem sinal da minha amiga. Não podíamos esperar por ela, não no primeiro dia de aula. Não quando não fazíamos ideia de qual seria o procedimento com relação a retardatários de agora em diante. Uma coisa era ser um retardatário no quinto ano, mas no sexto eles não seriam tão tolerantes.

CONCENTRAÇÃO

Na nova classe, Mirela e eu nos sentamos nas carteiras centrais da fileira do meio. Mal nos acomodamos e uma professora de óculos e avental hospitalar entrou na sala. Apontou um dedo para cima. O dedo fez um gancho, e esse gancho se enroscou numa argolinha acoplada à lousa. A professora desenrolou um mapa-múndi. Seu nome era Cerisa e ela ensinava geografia. Se fosse no quinto ano, ela ganharia o apelido de Professora Cereja. Mas agora Professora Cereja não tinha graça. Cerisa alisou os continentes. Com a manga da camisa limpou uma manchinha no sul da China. Ajeitou os óculos e respirou fundo. Virou-se para a classe e disse:

— Antes de dar início à matéria, eu gostaria de dizer algumas palavrinhas. É mais do que sabido que todo aluno do sexto ano sofre de falta de concentração. Faço questão de dizer isso logo no primeiro dia de aula porque vocês ainda estão imunes aos vícios que com certeza irão adquirir no caminho. Vou dar apenas um conselho: prestem atenção nas aulas. Acho que não é pedir muito, ou é?

Cerisa virou-se para a lousa e escreveu a palavra "concentração".

— Aqui está o segredo para o sucesso de vocês. Concentração em sala de aula. Nada mais que isso.

Ajeitou os óculos. Ficou ali parada com a palavra "concentração" pairando sobre sua cabeça. Esperou alguns instantes para que seu conselho fosse assimilado pela classe. Era o mesmo conselho de sempre. A única diferença é que antes falavam em prestar atenção. Agora era outro nome. A maior diferença é que a pessoa concentrada se mexe pouco, enquanto a pessoa que apenas presta atenção pode continuar mexendo braços e pernas.

Foi durante essa pausa que a porta se abriu e a cabeça da Cíntia apareceu, mas não o resto do corpo.

— Com licença — disse a cabeça.
— Pois não — Cerisa respondeu.
— Acho que esta é a minha classe.
— Acha ou tem certeza?
— Acho.
— Você gostaria de entrar?
— É...
— Ótimo. Entre. Vamos esclarecer esse mistério agora mesmo. Eu estava pra fazer o mapa da classe.

Cerisa abriu a gaveta da mesa do professor e tirou um papel quadriculado: o mapa da classe.

— Vejam vocês que coisa engraçada. O mapa desta classe será feito pela professora de geografia. Nada mais apropriado.

Cerisa riu. Não achei engraçado, mas concordo que era apropriado. Isso não vinha ao caso. Fosse professora de geografia, português ou ciências, esse era um momento crucial para nós. Cabia a Cerisa definir onde cada um se sentaria para o resto do ano letivo. O papel que ela tinha em mãos era uma réplica fiel da posição das nossas carteiras. Com uma caneta vermelha ela registraria nossos nomes nos quadradinhos e isso selaria nosso destino. Cerisa conferiu o nome da Cíntia na sua relação de alunos do sexto ano D. Comprovado que aquela era a sua classe, pediu que ela se sentasse na única carteira livre, na primeira fi-

leira. Cíntia se virou para trás e acenou um tchauzinho. Na verdade, era um "oi", mas era também uma despedida. Havia um oceano de alunos entre nós. Nunca mais poderíamos conversar durante a aula, não àquela distância.

— Qual o seu nome?

— Ágata — respondi.

— Christie? — Cerisa perguntou.

Levantei os ombros e sorri com expressão de "fazer o quê...". Cerisa anotou meu lugar e passou para a próxima carteira. A partir desse instante, meu lugar passaria a ser a quinta carteira da fileira central.

Quando Cerisa retomou a aula, o assunto era a subsistência no planeta. Para ela, o sexto ano já havia começado. Ela estava, de fato, dando uma aula. De repente percebi que tudo que ela falava era parte da matéria e podia cair numa prova! No entanto, seu tom de voz era de uma conversa normal. Ela não repetia as coisas trinta vezes, não escrevia na lousa e não gesticulava com movimentos exagerados. Se isso era uma aula, e então eu me dei conta de que era sim uma aula, ela a conduzia de um jeito adulto. Falava conosco como se estivéssemos prestando atenção. Para Cerisa bastava dizer as coisas como uma apresentadora de jornal. Senti um arrepio e percebi que a partir de agora eu seria tratada como uma pessoa.

Cerisa apagou a "concentração" e desenhou um quadradinho no canto superior da lousa. Escreveu as palavras: "Lição de casa". Copiei os exercícios que deveríamos fazer para a próxima aula. Cíntia não copiou nada. Ficou virada para trás, fazendo caretas para mim. Ela não copiou o exercício de lição de casa porque ainda esperava que a professora avisasse que havia lição de casa. Ela não tinha reparado no quadradinho no alto da lousa. Fiquei em dúvida se devia avisá-la ou não. Vários meninos estranhos estavam sentados à minha volta, e eu não tive coragem de apontar para o quadradinho. Era a primeira vez que eu deixava de chamar a atenção da Cíntia. Como melhor amiga, eu devia ter apontado para o quadradinho no canto da lousa, mas deixei por isso mesmo.

O VAZAMENTO DE UM LÍQUIDO MARROM NÃO IDENTIFICADO

Cíntia arrastou sua cadeira até onde eu estava sentada. O correto seria que ela tivesse se levantado e carregado a cadeira, mas ela arrastou. Enquanto isso Mirela, que estava sentada à minha frente, me ofereceu um chiclete, outra violação das regras. Uma arrastava cadeiras e a outra mascava chiclete em sala de aula. Quanto a mim, eu equilibrava minha cadeira sobre as duas pernas traseiras. Isso também era uma transgressão. Mas, mesmo juntando nossas três transgressões — um chiclete, uma cadeira arrastada e uma cadeira equilibrada nas pernas traseiras —, elas eram insignificantes. É preciso analisar o contexto. Pela primeira vez em nossas vidas fomos deixadas a sós em sala de aula. Cerisa tinha saído e a próxima professora ainda não tinha chegado. Era de se admirar que não estivéssemos virando cambalhotas e nos pendurando no lustre.

Mirela olhava dos novos meninos estranhos para mim e de mim para os novos meninos estranhos. Não dava para fazer nenhum comentário, pois eles também olhavam para nós. Pelos olhos da Mirela, percebi que ela só estava esperando o momento certo para que eu pudesse me virar para trás sem que eles percebessem que eu queria observá-los também.

Nas outras fileiras, as carteiras iam se aproximando umas das outras. Em pouco tempo a classe parecia formada por pequenas salas de visitas. Cíntia ainda não tinha reparado nos novos meninos estranhos.

— E agora? — ela perguntou. — Eu vou ter de ficar sentada lá na frente?

— Eu falei pra não chegar atrasada — Mirela respondeu. — Eu falei!

Perguntei à Cíntia por que ela havia se atrasado. Ela respondeu que não sabia para qual classe ir. Mirela perguntou se ela tinha consultado o painel de avisos e Cíntia perguntou:

— Que painel de avisos?

Mirela bateu a mão contra a testa e disse que não acreditava. Cíntia explicou que ela acabou batendo de porta em porta, perguntando se aquela era sua classe, e que estava achando tudo muito desorganizado, que devia ter alguma professora esperando por nós no portão para acompanhar cada turma até sua sala. Mirela virou os olhos e bufou. Então fomos interrompidas pela aparição de uma aluna nova, que jamais tínhamos visto antes.

Ela era alta, tinha cabelos longos e escorridos. Sua franja cobria parte do olho direito, como a minha cobriu quando Mirela a tirou de trás da minha orelha. Agora minha franja já estava de volta ao lugar. Durante a aula da Cerisa eu pude arrumar sem que Mirela percebesse. Eu precisava enxergar o que estava escrito na lousa. Mas, no caso dessa nova aluna, aparentemente a franja não atrapalhava. Ela nos enxergava através dos seus cabelos.

Deve ter adivinhado o que Mirela, Cíntia e eu estávamos pensando, pois ela mesma respondeu:

— Sou repetente.

— Credo! — disse Cíntia. — Eu achava que ninguém mais repetia de ano.

Assim que Cíntia pronunciou essas palavras, Mirela a chutou por baixo da carteira. Era para ser um chute discreto, mas a repetente percebeu e riu.

— Isso significa que você não tem amigos? — Cíntia perguntou.

Antes que Mirela pudesse chutá-la de novo, Cíntia reforçou a pergunta com uma segunda pergunta:

— Sua turma inteira foi pro sétimo ano e você ficou pra trás?
— Meu nome é Alexandra. Fiquem aí. Já volto.

Isso não respondia a pergunta da Cíntia, mas respondia uma pergunta maior: quem era aquela aluna? Alexandra nos deu as costas e foi até o painel de avisos. Pegou o mapa da classe que Cerisa tinha acabado de afixar na parede e trouxe até nós.

— O que vocês acharam disso?
— Eu detestei — disse Cíntia. — Pena que agora não tem mais jeito...

Alexandra rasgou o mapa da classe em quatro pedaços, atirou-os para cima e cruzou os braços.

— Prontinho — disse.

Da nossa parte, a única reação foram olhos esbugalhados e silêncio. Os restos do mapa ficaram esparramados aos pés da repetente enquanto ela esperava que disséssemos alguma coisa.

— Você rasgou o mapa da classe! — Cíntia exclamou.

Foi uma exclamação de fato, pois ao fazer essa constatação óbvia a classe inteira se virou para nós, registrando o acontecimento. Isso provocou duas reações. Os insatisfeitos comemoraram aos berros e viram nesse ato a oportunidade de redefinirem suas posições. Começaram a disputar carteiras. Os satisfeitos não tiveram outra escolha senão defender seus lugares. Um menino magricela atirou-se para cima de mim. Queria que eu me rendesse. Grudei na minha carteira e disse que dali eu só saía carregada. O magricela desistiu e partiu para outra.

Debruçada como uma náufraga sobre o tampo da minha carteira, observei a batalha do resto da classe. Os novos meninos estranhos assumiram a defesa das carteiras do fundão, cobiçadas pelos meninos sentados nas laterais. Em pé sobre suas carteiras eles chutavam o ar com golpes de caratê. No meio dessa confusão percebi que Alexandra, mochila nas costas, vinha em minha direção. Seu alvo era a carteira ao lado de Mirela. Alexandra abriu seu estojo e remexeu dentro. Enquanto procurava o que quer que fosse, cumprimentou a ocupante da carteira: uma meninazinha assustada que nem conseguiu responder ao cumprimento. Apenas agarrou-se à carteira, mais ou menos como eu tinha feito. Alexandra tirou um estilete de dentro do estojo. Fincou-o entre os dedos da meninazinha, que saiu correndo pela sala com os braços estirados para o alto, gritando feito doida. De tão atordoada, não se deu conta de que não tinha perdido nenhum dedo. Quando Alexandra a atacou,

não estava interessada nos seus dedinhos, mas em outra coisa. Algo que a meninazinha nunca mais teria de volta.

Alexandra instalou-se na carteira conquistada, guardou o estilete, jogou a mochila da meninazinha no meio do corredor e ficou observando a balbúrdia à nossa volta. Escovou os cabelos com a ponta dos dedos. Foi nessa hora que Cíntia saiu de si. Subiu na carteira ao meu lado e começou a gritar feito um Tarzan. Girava a mochila no ar e batia as mãos contra o peito. Os movimentos frenéticos tiveram o efeito desejado. Ninguém ousou se aproximar.

Os novos meninos estranhos viram no frenesi de Cíntia um exemplo a ser seguido. Imediatamente vários Tarzans aderiram ao seu comando. Cíntia, que até então nem havia notado a presença dos novos meninos estranhos, agora os liderava urrando como um chimpanzé! A algazarra foi tamanha que vários alunos se recolheram debaixo das suas carteiras. Era como se, dentro da loucura da batalha, tivesse surgido uma horda superior. Se é que uma batalha como aquela podia ter um vencedor, lá estavam: os Tarzans-boiadeiros, liderados pela minha melhor amiga. Eles conquistaram tudo o que havia para conquistar. Então a porta se abriu e o pior aconteceu.

Ao verem o homem alto e esquelético parado à entrada da classe, os Tarzans-boiadeiros reagiram todos da mesma maneira: recolheram as mochilas que ainda giravam no ar. Infelizmente, o movimento abrupto provocou um acidente trágico. A sequência de calamidades se deu mais ou menos assim: a interrupção do movimento giratório das mochilas fez com que algumas se chocassem. Foi o caso da mochila de um dos novos meninos estranhos com a mochila da Cíntia. Elas se enroscaram uma na outra e o fecho da mochila da Cíntia se abriu. Cadernos e livros voaram em todas as direções. Se a história terminasse aí, já seria uma tragédia considerável. Mas foi pior que isso. Entre o material escolar que voou da mochila da Cíntia havia uma lancheira. E nesta lancheira havia uma garrafinha térmica. E nesta garrafinha térmica havia um líquido marrom que encharcou o professor, as paredes, os alunos, os cadernos, as cortinas, a porta, o chão e só se deu por satisfeito quando extrapolou os limites da nossa classe e atingiu um pedaço do corredor. Depois de voar sobre as nossas cabeças, a lancheira de Cíntia aterrissou aos pés do novo professor. Não sabíamos o nome do homem ou que matéria ele vinha nos ensinar e, no entanto, já tínhamos lambuzado as lentes dos seus óculos com um líquido marrom.

O professor enrugou o nariz. Uma fumacinha se desprendeu das lentes dos seus óculos. Lentamente ele suspendeu a lancheira, como se ela fosse um animal atropelado. O que restava do líquido marrom vazou em queda livre. O cheiro era inconfundível: Ovomaltine.

A classe inteira virou-se para encarar minha melhor amiga. Como se ela fosse a única culpada. Como se todos os outros tivessem passado esse breve intervalo de troca de professores sentados em suas carteiras, preparando-se para a aula seguinte. Senti ódio da classe toda, mas, como eles, virei-me para Cíntia.

O único que não encarava minha amiga era o professor. Com as lentes encharcadas, tudo que ele via era um mar de Ovomaltine. O professor tirou os óculos lambuzados e limpou com um lenço.

— Prefiro nem saber o que aconteceu aqui.

A frase foi pronunciada sem histeria. Não num tom de nervossismo controlado, mas com uma calma verdadeira.

— Agora só nos resta decidir o que fazer. Ou vocês tratam de limpar essa imundice ou informamos irmã Lourdes sobre o acidente.

O professor, que ainda nem nome tinha, não precisou dizer mais nada. Apesar da ameaça, eu soube que ele não chamaria irmã Lourdes. Ele apelou para a segunda possibilidade apenas para nos lembrar da existência de uma diretora. A classe toda se pôs a trabalhar. Cinco minutos depois não tinha vestígio de Ovomaltine, a não ser o cheiro. Foi comovente ver a classe toda se mobilizar para encobrir a loucura dos Tarzans-boiadeiros. Todos assumiram a responsabilidade. Trabalhamos como formiguinhas. Trombávamos uns nos outros e nos movíamos aparentemente sem lógica alguma, mas no fim o trabalho foi realizado. Durante esse processo apenas duas pessoas não contribuíram. O professor, por motivos óbvios, e Alexandra.

O professor revelou sua identidade. Chamava-se Reinaldo Garcia. Seria nosso professor de português. Reinaldo Garcia não caminhava pela classe, como professores gostam de fazer. Tudo que tinha a dizer, disse sentado. Comentou sobre alguns livros que teríamos de ler naquele ano. Sempre que a história chegava ao ponto de suspense máximo, ele interrompia alegando que, se falasse mais uma palavra, estragaria o livro. Era como se ele estivesse nos mostrando trailers de filmes prestes a estrear.

Também disse que era poeta! Para um poeta, um jato de Ovomaltine é algo poético. Não que ele tivesse comentado que tinha gostado do jato. Ele nem falou sobre o acidente. Mas por causa do jato suas lentes ficaram embaçadas por uma camada de achocolatado, e isso deve ter despertado lembranças. Depois da nossa aula, ele iria para casa compor versos inspirados por nós. Um dos novos meninos estranhos perguntou se Reinaldo Garcia era famoso. Ele respondeu que tinha quatro livros publicados e nós concluímos que, sim, ele era famoso. Também comentou que ganhara alguns prêmios literários. Era famoso. Reinaldo Garcia era alguém que fazia mais do que dar aulas para sextos anos. Teríamos aulas com uma pessoa importante, que publicava livros e levava uma vida de poeta. Ele não era como os outros professores que vivem na escola e não têm a menor ideia de como é o mundo de verdade. Eu nem entendia por que Reinaldo Garcia perdia seu tempo dando aula para nós. Terminamos aquela aula sem que o mapa da classe fosse refeito. Estávamos além dessas questões pequenas, de quem se senta onde. Estávamos dialogando com um poeta premiado que conversava conosco sentado na cadeira do professor. Isso sim era digno de um sexto ano! Só aí percebi quão ridícula foi a batalha dos Tarzans-boiadeiros e senti vergonha pela classe toda. Mas, principalmente, por Cíntia.

EU NÃO DISSE?
EU DISSE.
BEM QUE EU DISSE.
EU NÃO DISSE?

— Olha só nossa situação! Nosso primeiro recreio de sexto ano e nós aqui, encurraladas atrás dessa gruta fedorenta. Podíamos estar passeando pelo pátio, na lanchonete, assistindo aos meninos jogarem bola, mas nãããããããããoooooo... Vamos ficar escondidas, morrendo de vergonha. Por quê? Porque a dona Cíntia achou que seria uma boa ideia encharcar a classe toda com Ovomaltine. E agora, o que vai ser de nós? Vamos passar o resto do sexto ano morrendo de vergonha. Ou vocês acham que os meninos vão deixar passar? Durante semanas eu falei. Expliquei tudo. Eu disse, quantas vezes eu não disse que não era pra trazer lancheira... Quantas? Adiantou? Só tenho uma pergunta.

Nessa hora Cíntia interrompeu:
— Não era intervalo?
— Quê?
— Você não tinha falado que devíamos dizer intervalo, em vez de recreio? Só que agora você falou recreio.
— Não muda de assunto! De onde você tirou a infeliz ideia de trazer uma lancheira pra escola?

Mirela esticou os braços para o alto e esbravejou:
— Uma LAN-CHEI-RA!
— Eu não lembrei — Cíntia respondeu.
— Como assim "eu não lembrei"? Você veio da sua casa até aqui com uma lancheira e não percebeu nada? Não percebeu

que tinha algo fora de lugar? Nadinha de nada? Uma lancheira cor de abóbora e você achando normal?

— Bem, pelo menos eu trouxe a lancheira dentro da mochila.

— Tudo bem. Então minha segunda pergunta é: por que girar uma mochila pelos ares se dentro tinha uma lancheira prestes a explodir?

— Foi sem querer.

— Como assim "sem querer"? Seu braço girou a mochila por vontade própria? Você por acaso não tinha controle sobre seus atos?

— Eu não pensei que a lancheira fosse explodir!

— Como assim "eu não pensei"?

Mirela não ia se contentar com explicação alguma. No final do quinto ano, portanto quando estávamos mais para o sexto que para o quinto, Mirela tinha começado uma ladainha que durou até o último dia de aula. Era a ladainha sobre os certos e errados das alunas do sexto ano. Uma aluna do sexto ano teria de abandonar determinados hábitos e adquirir outros.

Entre os itens a serem abandonados estavam: lancheiras, bonecas, tiara na cabeça, capa de chuva, cola líquida, tesoura, giz de cera, lápis, caderno brochura, perua escolar, aula de balé, balas, álbum de colorir, purpurina e glitter, patins de dedo, anéis, colares ou pulseiras de ouro ou prata, qualquer tipo de bordado em roupas, estojo com espelhinho dentro, as palavras "tia", "papai", "mamãe", "fazer de conta" e capacete para andar de bicicleta.

Dos itens a serem incorporados: estilete, chave de casa, adesivos, lapiseiras, chicletes, celular, revistas, gloss, anéis, colares ou pulseiras de plástico ou vinil, documento de identidade e no mínimo quinhentas músicas da moda no celular.

Eram muitos outros itens. Esses são alguns dos quais me lembro. Em todo caso, isso não tem importância, pelo menos para Cíntia e para mim. Nunca imaginamos colocar tudo em prática. Mas pelo jeito Mirela estava certa. Era o primeiro dia de aula e acabávamos de violar o primeiro mandamento: a lancheira.

A LUZ

Pela primeira vez em toda minha vida eu deixava a sala de aula com passos lentos e de bico calado. Parecia uma adulta depressiva. Joguei minha mochila nas costas e caminhei pelo corredor como uma trabalhadora que volta para casa depois de uma longa jornada.

A causa da minha agonia era a perda das minhas duas únicas amigas. Mirela deixou a sala de aula sem nem se despedir. Fugia de Cíntia. Enquanto isso Cíntia ficou colada na carteira, encarando a lousa. Em outras circunstâncias eu a teria sacudido. Mas não desta vez. Agora ela pensava em cada gesto. Sua lancheira continuava dentro do cesto de lixo, assim como a garrafinha térmica. Se ela as deixasse ali, no dia seguinte corria o risco de o pessoal da limpeza interromper a aula e pedir um minuto de atenção. Dona Gertrudes mostraria a notória lancheira e a garrafinha térmica e perguntaria se aqueles objetos, encontrados no cesto de lixo no dia anterior, pertenciam a algum de nós. A classe toda ia cair na risada e seria como reviver o desastre do Ovomaltine, dois dias seguidos. Por outro lado, se ela se levantasse, fosse até o lixo e recuperasse seus pertences, todos os que ainda estavam na classe automaticamente cairiam na risada e ela viveria, duas vezes no mesmo dia, o desastre do Ovomaltine. No lugar dela eu também não saberia o que fazer. Larguei Cíntia lá. Era esquisito ir embora sem ter com quem conversar, mas era melhor do que estar na pele da minha amiga. Se é que eu podia me considerar amiga dela...

Andando naquele corredor, me dei conta de que me importava muito mais com a impressão que eu causava nos outros colegas do que em ajudar Cíntia. Era por isso que eu caminhava tão devagar, por culpa de tê-la deixado para trás. Se eu caminhasse bem devagarinho, daria tempo de ela resolver o que fazer em relação à lancheira e me alcançar. Aí apertaríamos o passo e correríamos por aquele corredor sombrio, alcançaríamos o pátio e apostaríamos uma corrida até o portão, como nos velhos tempos. Eu nunca havia caminhado por aquele corredor. Passara por ali milhares de vezes antes, mas sempre numa velocidade desvairada. Assim, um pé de cada vez, num andar civilizado, nunca. No ritmo que eu ia, o corredor foi ganhando um estranho aspecto de túnel. E, por mais ridículo que possa parecer, no fim do túnel havia uma luz. Para ser exata, era um vitral colorido. A escola tinha vários desses vitrais. Eram lindos de se ver de longe, mas eu não gostava de chegar perto, pois alguns mostravam imagens de santos sofredores. Se esse vitral tinha santo ou não, eu não saberia dizer. A escada por onde eu sempre descia, até o ano passado, ficava alguns metros antes. Ali eu fazia uma curva e escapava para a liberdade da rua. Nesse dia fui atraída pela luz colorida do vitral. Sentei-me num banco de madeira que havia ali. No vitral, nada de santo. Apenas o anjo Gabriel tocando corneta. Dei as costas ao anjo. Meu único desejo era poder esperar um pouquinho e passar despercebida. Que ninguém se aproximasse e perguntasse o que eu estava fazendo ali.

— O que você está fazendo aí?

A pergunta veio de uma criatura de pele verde, chifres na cabeça, rabo pontudo, olhos vermelhos, cavanhaque e bigodinho mexicano. Vestia terno e fumava cigarro de cravo. Estava longe de ser um amiguinho imaginário. Por dois motivos. Primeiro, porque eu não tinha mais idade para amiguinhos imaginários. Segundo, porque, quando tive, eles nunca fumaram cigarro de cravo. Eu nunca tinha visto aquela criatura antes. Ela sorria. Reparei que suas unhas eram compridas e estavam pintadas com esmalte preto, e que usava um anel de rubi na mão esquerda.

— Você por acaso teria um cinzeiro? — perguntou.

— Claro que não.

Se eu tinha um cinzeiro... Como poderia ter um cinzeiro se era proibido fumar dentro da escola? Mesmo que eu inventasse de fumar, não seria louca de andar com um cinzeiro na mochila. Quem é que anda com cinzeiro na mochila?

Ele segurava o cigarro com a ponta das unhas, equilibrando-o para não desfazer a torre de cinzas. Na sua busca por cinzeiro notou o anjo Gabriel atrás de mim. Seus olhos percorreram o vitral, prestando atenção em cada detalhe.

— Honesto... — foi seu comentário.

— Quem é você?

A criatura deu um peteleco no cigarro e alisou o bigode. Seu rabo estalou no ar.

— Você é algum tipo de demônio? — insisti.

— Eu diria que sim.

Sempre tive mania de imaginar como seria encontrar uma lâmpada com um gênio dentro, ou acordar no meio da noite e dar de cara com uma fada madrinha na porta do meu quarto, ou ser abduzida por alienígenas. Mas um demônio verde, jamais. Levantei-me e coloquei a mochila nas costas.

— Com licença. Estou atrasada. Minha perua deve estar me esperando.

— Até mais ver — respondeu o demônio, e desapareceu deixando um rastro de fumaça.

Sentada na perua sacolejante, a caminho de casa, pensei sobre o meu primeiro dia de sexto ano. Num balanço rápido, perdi duas amigas e conheci uma criatura verde. Criatura verde com quem troquei algumas palavras banais, sem me deixar abalar. Não estava feliz, triste ou assustada. Apenas deixei que a perua me levasse. Minha alma era oca.

A CRUZ DE CADA UM

No dia seguinte, quando meu pai me largou no portão da escola, meia hora antes dos outros alunos chegarem, tudo o que se ouvia eram os pássaros cantando em histeria. Gritavam todos juntos, como se o mundo fosse acabar. Pareciam loucos. Fui direto para a capela. Não que eu quisesse rezar, só queria sair do meio da cantoria. Desde o dia anterior eu não parava de pensar na criatura verde. Algo me dizia que, se ela tinha alguma intenção de puxar papo comigo novamente, o lugar perfeito para isso seria o pátio vazio com seus pássaros histéricos. Sentei-me no primeiro banco, bem pertinho do altar. Eu não tinha medo da criatura verde, mas era bom que ela soubesse com quem estava se metendo. Eu era íntima de Deus. Encarei o Cristo crucificado atrás do altar. Gotinhas de sangue brotavam do seu corpo, por causa do flagelo. Eu já estava acostumada a vê-lo assim, cabeça caída, um prego fincado na palma de cada mão. Ali era o lugar dele, na cruz. Eu passava por ele várias vezes durante o dia e não achava nada de mais. Ver qualquer outra pessoa naquela posição seria apavorante. Reinaldo Garcia, por exemplo. Um professor, poeta, sem roupas, enrolado num trapinho e crucificado! Talvez levasse mais de um dia para morrer. As gotinhas de sangue naquele cai não cai. Tentei sentir dó de Jesus Cristo. Olhei fixamente para as veias dos seus pés. Na nossa sala de aula, acima da lousa, havia outro Cristo, só que menorzinho, também pregado na cruz. Os romanos pregaram o filho de Deus na cruz e as escolas pregam a cruz acima da lousa. Tudo isso para que a imagem da cruz fique martelada na nossa cabeça. Eu não era uma pessoa fraterna. No dia anterior eu tinha abandonado minha melhor amiga, o que me levou a um encontro com uma criatura verde. Levantei-me e agradeci a Deus pela inspiração. Decidi que a partir daquele momento eu seria uma pessoa fraterna. Todos temos uma cruz na vida. Caso você não esteja sentindo o peso de uma cruz, é porque a esqueceu em algum lugar. E é melhor encontrá-la logo porque a cruz parada vai ficando cada vez mais pesada. Daí, no dia em que você a encontrar e tiver de carregá-la de novo, ela estará dez vezes mais pesada do que quando você a esqueceu. Então, pode ser ruim ter de carregar uma cruz o tempo inteiro, mas isso ainda é melhor que a deixar engordando num canto. Cíntia era a minha cruz. Até esse dia eu nunca tinha pensado na minha amiga dessa maneira. No entanto, era a mais pura verdade.

A MALDIÇÃO DE OVOMALTINE

O tempo que permaneci na capela foi suficiente para que Cíntia se transformasse em Ovomaltine, o que apenas comprova minha teoria. Antes eu carregava Cíntia, agora eu passaria a carregar Ovomaltine. Cíntia podia passar despercebida, mas Ovomaltine não. Entre as coisas que Mirela vivia dizendo sobre nossa nova vida, estava que no sexto ano as coisas aconteciam rápido. Muito rápido. Se você perdesse um único movimento, podia ficar para trás. Achei que fosse exagero. Nada podia acontecer tão rápido assim. O que é que podia mudar da noite para o dia? Agora ali estava, bem no meu nariz.

Alexandra e Mirela estavam sentadas no canto da quadra. Esse era um dos melhores lugares de toda a escola. Os frequentadores do canto da quadra tinham visão privilegiada. Dali era possível assistir aos jogos, ver a movimentação do portão de entrada e tudo o que acontecia no pátio. Esse canto também era cercado por uma muretinha, um banco e uma árvore. Era um mirante.

Alexandra estava sentada na muretinha, com as costas apoiadas no muro. Mirela estava à sua frente, com as pernas penduradas para os lados. Parecia montada num cavalo. Sua expressão era de alguém que desbravava novos mundos. Quando passei pela quadra, Alexandra e Mirela me olharam de um jeito que fez com que eu me sentisse como uma batata. Sei lá por que, tive a sensação de que estava cercada de pessoas que podiam ser cenouras, cebolas, pimentões e vagens. Éramos legumes; Alexandra, a cozinheira. Ela peneirava quem passava. Quando colocou os olhos em mim, gritou meu nome e acenou para que eu me juntasse a elas. Entre todos os que caminhavam de um lado para o outro, eu fui selecionada. A receita que Alexandra tinha em mente incluía batata e eu devia estar com cara de batata. Foi uma coincidência feliz, nada mais. Se fosse outra receita, ela teria escolhido outra pessoa.

Mas Alexandra ainda não tinha terminado de escolher os ingredientes. De tanto em tanto, espiava quem passava pelo portão. Ainda estava peneirando.

— Nelsinho! Chega aí! — gritou.

Nelson Modesto saltou a mureta como um bandido. Pousou aos nossos pés. Ele era um dos novos meninos estranhos.

— E aí? — Alexandra perguntou.

— Beleza? — Nelsinho perguntou.

— Vamos indo...

— Sua maluca...

— Maluco você.

— Diz aí.

— Ah, sei lá.

— Falou, então.

Com isso, Nelson Modesto saltou novamente a mureta e seguiu para o pátio, ao encontro dos amigos. Pude concluir que na verdade Nelson Modesto era Nelsinho, que ele conhecia segredos da Alexandra e que os dois eram amigos de longa data. Percebi também que Alexandra entendia a forma de raciocinar dos meninos. Sabia conversar com eles. Os meninos, representados pela figura de Nelsinho, consideravam Alexandra uma garota interessante e eram secretamente apaixonados por ela. Saquei que Alexandra tinha controle absoluto sobre todos os meninos da escola e podia chamá-los e dispensá-los quando bem quisesse. Entendi também que Mirela e eu só seríamos apresentadas a meninos como Nelsinho quando Alexandra quisesse e que, se tentássemos nos intrometer naquela conversa sem sermos convidadas, seríamos esmagadas feito duas moscas. Por fim, entendi que se quiséssemos nos dar bem no sexto ano devíamos nos agarrar à Alexandra e seguir seus passos. Se alguém ali sabia o que estava fazendo, essa pessoa era Alexandra. Ela tinha a receita e eu era apenas uma batata. Mas eu era uma batata selecionada, o que já era um bom começo.

— Ei, aquela ali não é a Ovomaltine? — Alexandra perguntou.

Era Cíntia. Ou melhor, foi a última vez que Cíntia foi Cíntia, porque depois do grito que Alexandra soltou nunca mais Cíntia teve direito ao seu nome. Ao ouvir o grito da Alexandra, Cíntia acenou para nós, e isso apenas reforçou sua natureza de Ovomaltine.

— Chega aí, Ovo! — Alexandra gritou.

Se nessa hora Cíntia tivesse ignorado o chamado e seguido reto, talvez tivesse escapado de seu destino. Mas não, Ovo veio até nós e, como Nelsinho, saltou a mureta. Ao contrário de Nelsinho, saltou de um jeito tão desengonçado que provocou uma crise de riso na Alexandra. Uma crise que evoluiu para uma gargalhada estrondosa, contorção de barriga, falta de ar e lágrimas. Enfim, algo que a escola inteira pudesse ver. Foi o fim de Cíntia.

— Eu não acredito nessa Ovomaltine! Que piada... — foi o comentário da Alexandra.

Mirela, também prestes a sufocar de tanto rir, acabava de aprovar o apelido. Ovomaltine seria. Eu, sem graça, ria um pouco e me calava um pouco. Era bom estar ali, no canto da quadra, sentada na muretinha, ouvindo a conversa do Nelsinho, escolhendo legumes e aprendendo, na prática, o que era o sexto ano. Mas isso tinha um preço: rir do ridículo da minha melhor amiga.

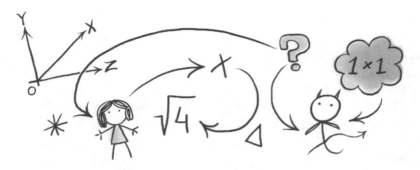

O MAPEAMENTO DA DOROTEIA

Doroteia, a professora de matemática, entrou na sala de aula com as sobrancelhas franzidas. Olhou para a nossa classe como se não fizéssemos sentido. Depois olhou para o mural de cortiça.

— Cadê o mapa da classe?

Não era suficiente que estivéssemos ali.

— Não existe. — A resposta veio de um dos novos meninos estranhos.

— Claro que existe — Doroteia respondeu.

Doroteia abriu a gaveta da mesa do professor. Nada. Voltou a encarar a classe. Alexandra abriu seu estojo de canetinhas. Não sei o que buscava lá dentro, mas julgando por sua concentração devia ser um cartão de crédito. Fora um movimento aqui e outro ali, o resto da classe se manteve em estado de inércia mental. Doroteia tentou mais uma vez:

— Não é possível que Cerisa não tenha feito o mapa desta classe...

Silêncio da nossa parte.

— Classe! Eu estou falando com vocês!!! Tem alguém aí?

— Não temos mapa — Alexandra respondeu.

Doroteia aceitou o fato de não termos mapa e tratou de fazê-lo. Tomou o papel quadriculado e seguiu a mesma rotina do dia anterior. Passou de mesa em mesa, perguntando nossos nomes. Ela não sabia, mas com esse ato criava um documento que registrava, oficialmente, os lugares conquistados na batalha do Ovomaltine.

De trio passamos a quarteto. Ao meu lado, sentava-se Cíntia. À minha frente, Mirela e à minha diagonal, ao lado de Mirela e na frente da Cíntia, Alexandra. Quando Doroteia passou para o fundo da classe, Alexandra virou-se para trás e sorriu. Ali começou o seu domínio sobre nós. Aquele sorrisinho dizia algo como: "Por favor, apertem os cintos. A viagem está prestes a começar!".

Enquanto isso, no fundo da classe, Doroteia registrou a formação de uma outra unidade, a dos meninos. Eles deixaram de ser os novos meninos estranhos e tornaram-se Marcelo Galvão, André Martins e Nelson Modesto, que para nós seria Nelsinho, por um desejo de intimidade. Na frente da classe, encostadas na mesa do professor, Aline Gonçalves e suas amigas sem-sal formaram outra unidade. Dessa maneira, a professora mapeou a classe toda, selando nosso destino para sempre.

Doroteia não precisou se apresentar e muito menos fazer discurso sobre alunos do sexto ano. Todos sabiam quem ela era. A essa altura, já sentíamos na pele o que era ser aluno do sexto ano. Ela era a professora mais famosa da escola. Se no sexto ano não houvesse uma Doroteia, tudo seria diferente. Mas ali estava, ao vivo. Todo mundo já tinha ouvido falar dessa mulher e dos pesadelos que ela provocava. Há gerações ela arruinava as férias de verão de inúmeros alunos, fazendo-os voltar na segunda semana de janeiro para uma prova. Eu tinha oito anos de idade quan-

do pela primeira vez ouvi falar de suas provas. Desde então eu temia por esse momento. Todo mundo conhecia a história de um aluno que, no passado, abandonou uma prova de Doroteia no meio, deixou a classe aos gritos, batendo a cabeça contra as paredes do corredor, rolou escada a baixo e desmaiou. Então Doroteia o puxou pelo colarinho e o arrastou de volta para a classe. Disse que ele não ia fugir da prova, não, senhor. Daí ela pegou uma corda e amarrou o aluno na carteira, forçando-o a ficar ali até que tivesse solucionado todos os dezessete problemas matemáticos. Com isso, a cabeça do menino começou a fundir. Da quadra de futebol, a escola toda sentiu o cheiro de pneu queimado. O cheiro era tão forte que irmã Lourdes, em pessoa, foi ver o que estava acontecendo. Quando abriu a porta encontrou o menino amarrado na carteira, com dezessete problemas matemáticos à sua frente. Ele já tinha gasto uma borracha inteirinha, até o talo, e tentava apagar seus erros passando saliva no dedo e esfregando no papel. Doroteia gritava com ele dizendo que não queria rasuras nojentas. Então irmã Lourdes se compadeceu do menino e permitiu que ele fosse embora. Mas nem por isso despediu Doroteia, de modo que a mesma prova, que quase matou o menino, continuava existindo e seria aplicada em nós, em algum mês do sexto ano. Só não sabíamos quando.

Assim que Doroteia deixou a sala, Cíntia arrastou sua cadeira para junto de mim. Abriu um álbum de figurinhas e perguntou se eu tinha novidades.

— O que é isso? — perguntou Alexandra.

— Eu não acredito! — disse Mirela.

Álbum de figurinhas era um dos itens malditos para alunas do sexto ano.

— Guarda esse negócio — ordenou Mirela, evidentemente envergonhada por nós duas.

— Então, Ágata... Como eu ia falando com você, vamos trocar figurinhas?

— Vamos — respondi.

Inspirada pela valentia da minha amiga, abri minha mochila e peguei meu álbum. Estava quase completo. Mais sete figurinhas e eu teria um álbum cem por cento. Eu tinha passado o verão inteiro trabalhando naquilo e não estava disposta a desistir por causa das normas sociais da cabeça da Mirela. Meu avô coleciona selos até hoje e ele nunca permitiu que normas sociais arruinassem sua coleção. Existem colecionadores de todo tipo de coisas, de todas as idades. O fato de uma pessoa manter uma coleção, de figurinhas ou de qualquer outra miudeza, não significa que ela seja imatura. Há quem colecione corpos, como os assassinos seriais, por exemplo. Eles não são imaturos. Alexandra e Mirela viraram-se para a frente.

— Que coisa mais ridícula — disse Alexandra.

— Ridícula — repetiu Mirela.

Espalhamos nossas figurinhas em cima da carteira de Cíntia, para conferir se uma troca seria possível. O resto da classe nem se importou conosco, o que apenas confirmou que aquilo não era nenhum crime. Trocar figurinhas estava longe de ser uma lancheira voadora. Dentro dos certos e errados, algumas coisas eram mais erradas que outras, e a troca de figurinhas, percebemos naquele instante, era tolerada. A única troca possível foi a de um Dementador por um Sirius Black. Uma troca justa. Colei o Dementador no meu álbum e me lembrei do meu próprio Dementador verde.

Desde o encontro com o demônio, eu estava com o assunto engasgado, como um milho de pipoca que não estourou e é engolido acidentalmente. Era uma sensação de cócegas e sofrimento. Como dizer que eu

35

havia conhecido um demônio verde sem causar pânico entre as minhas amigas? Impossível. Claro que eu já havia imaginado a situação ideal. Mirela, Alexandra e Cíntia estariam no canto da quadra, observando o movimento de alunos e eu chegaria com uma novidade. "Ei, vocês não sabem o que aconteceu", eu diria. Alexandra, com sua ironia, diria: "Não. Nós ainda não lemos pensamentos". Então Mirela se esborracharia de rir e eu diria: "Eu conversei com o demônio". Cíntia faria o sinal da cruz e perguntaria se eu estava bem. Eu as acalmaria dizendo para não se preocuparem, que estava tudo bem. Daí eu contaria sobre nosso encontro. Alexandra morreria de medo de mim. Ela ficaria sem reação e Mirela, que agora não fazia mais nada por conta própria, imitaria a reação da Alexandra. Eu faria pouco caso do episódio e me sentiria poderosíssima, pois passaria a ter uma arma secreta que Alexandra jamais teria. Ela podia ter a experiência de um sexto ano inteiro já vivido e agora repetido. Eu, no entanto, teria a experiência diabólica de incontáveis quintos anos, desde o princípio dos tempos.

Meus pensamentos foram interrompidos pela visão de irmã Lourdes entrando na classe. Fechei o álbum e Cíntia voltou para a sua carteira.

HANNAH E TODOS OS DEUSES DISPONÍVEIS

As freiras da nossa escola eram divididas em três categorias. As discursivas, que davam sermões: era o caso de irmã Lourdes. As trabalhadoras, que davam aula: era o caso de irmã Cristininha, nossa professora de religião até o quinto ano. E as irmãs-ganso, que caminhavam pelo pátio: era o caso de irmã Juliardina. As irmãs-ganso eram encarregadas de manter a ordem na escola. Se fôssemos frangos, nossa segurança estaria garantida pelos gansos, que atacam as pessoas que se aproximam do galinheiro. Não éramos frangos, nem as freiras, gansos. Mesmo assim, era como se fôssemos.

A coisa até que não era tão ruim quanto parece. Os limites para as interferências das freiras eram bem definidos. Na escola havia alunos de outras religiões, e as freiras eram obrigadas a respeitá-los. Por outras religiões quero dizer: judeus, budistas, evangélicos e espíritas. Na aula de religião, a política era segurar os cristãos e despachar os demais para a biblioteca. Caso quisessem ficar para a aula, podiam. Eles tinham livre-arbítrio. Mas no sexto ano a coisa seria diferente.

Irmã Lourdes entrou na nossa sala acompanhada de uma mulher vestida de lilás, dos pés à cabeça. Ela usava um vestido comprido com calça por baixo. O tecido era salpicado de espelhinhos e seu sapato era uma chinela de pano com um bico virado para cima. Mirela e Alexandra trocaram olhares e deram uma risadinha.

— Bom dia, classe. Esta é a professora Hannah — apresentou irmã Lourdes.

Professora Hannah juntou as mãos e fez uma reverência à classe, como um político chinês.

— Como sabem, no sexto ano vocês estudam todas as religiões. — Ao pronunciar a palavra "todas", irmã Lourdes estirou os braços. — É por isso que Hannah está aqui.

Com as mãos para trás, Hannah sorriu. Ela também nos olhava como se fôssemos ingredientes para uma experiência. Deve ter ficado decepcionada com o que encontrou, pois nos deu as costas e começou a arrumar o material que havia trazido. Irmã Lourdes prosseguiu dizendo que faríamos uma experiência ecumênica. Como ninguém entendeu o que ela quis dizer com aquilo, explicou que estudaríamos todas as religiões de uma só vez. Enquanto irmã Lourdes falava, Hannah tirou vários objetos de dentro da sacola. Colocou-os lado a lado em cima da mesa do professor: um São Jorge, uma estrela de seis pontas, uma imagem de Cristo crucificado, uma pirâmide de cristal, um pano verde com uma lua crescente e uma estrela, um anjinho pelado, alguns búzios, uma mulher magricela com cabeça de gato, uma bíblia com capa de couro, um candelabro, um colar de bolinhas de madeira, uma vela de sete dias, um cachimbo, um gnomo e um homem gordinho com cabeça de elefante.

Irmã Lourdes continuou discursando, mas ninguém ouvia o que ela dizia. Quando ela se deu conta de que nossa atenção tinha sido roubada, virou-se e deu de cara com o armazém de divindades.

— Quem é essa? — perguntou, segurando a mulher com cabeça de gato.

Irmã Lourdes segurava a imagem como quem segura a estatueta do Oscar. Virou-a de cabeça para baixo. Hannah tomou a estatueta da mão da diretora e a recolocou no lugar.

— E esse gnomo? — perguntou irmã Lourdes.

Hannah também tirou o gnomo das mãos de irmã Lourdes. Caminhou até a porta e, com um gesto educado, porém inconfundível, indicou o caminho da rua para a diretora. Irmã Lourdes resmungou um "Tudo bem... Tudo bem...".

Antes de nos deixar, disse:

— Fiquem com Deus.

Referia-se ao Deus onipotente e invisível, e que por ser onipresente e invisível não podia ficar exposto na mesa do professor. Hannah fechou a porta e começou a aula. Disse que aqueles objetos eram símbolos de diversas religiões. A proposta era que nos organizássemos em grupos de no máximo quatro pessoas. Um representante de cada grupo iria até a mesa e escolheria um objeto.

Alexandra virou-se para trás, cutucou Cíntia e sussurrou: "Você escolhe". Depois virou-se para a frente e jogou os cabelos para trás. Enrolou-os num coque e fincou uma caneta no meio. Mirela imediatamente enrolou os cabelos do mesmo jeito e fincou a primeira caneta que viu.

Aline Gonçalves foi a primeira a ir até a mesa das divindades. Escolheu o anjinho pelado. Cabe aqui explicar que Aline Gonçalves era uma boa alma. Só para ter uma ideia, no terceiro ano, na apresentação de teatro, quando eu fui a ovelha, Mirela a estrela de Belém e Cíntia a vaca, ela foi a Virgem Maria. Até o terceiro ano, Aline Gonçalves era apenas uma aluna comportada. Mas do terceiro em diante ser comportada não era o bastante para ela. Ter boas notas, dizer "obrigada" e "com licença" era pouco. Ela aproveitava toda e qualquer oportunidade para esfregar sua bondade na cara de todo mundo.

Aline Gonçalves entregou o anjinho para suas amigas sem graça. Elas passaram a estatueta de mão em mão, como se fosse um bebezinho.

A próxima a se candidatar foi Cíntia.

— Alguma preferência? — sussurrou antes de partir.

Alexandra deu de ombros. Mirela copiou. Eu tinha uma preferência, mas não quis dizer em voz alta por não saber o nome da divindade. Sabia muito bem o perigo que corria se pronunciasse as palavras "cabeça de elefante". O jeito seria confiar em Cíntia.

Ao contrário de Aline Gonçalves, Cíntia vacilou antes escolher. Ficou em dúvida entre a pirâmide, a mulher com cabeça de gato e o colar de bolinhas de madeira. Escolhia não apenas uma religião para si mas uma que também agradasse Alexandra. Eu não tinha ideia do que seria mais apropriado para uma pessoa que passa duas vezes pelo sexto ano. A mulher com cabeça de gato, Alexandra poderia considerar infantil. O colar de bolinhas de madeira, sem graça. Uma pirâmide, talvez...

Depois de alguns segundos, Cíntia se decidiu pela cabeça de elefante. Não era à toa que éramos amigas! O próximo foi Marcelo Galvão, como representante do trio composto por ele, André Martins e Nelsinho. Marcelo Galvão optou pelo pano verde com a lua crescente e a estrela branca. E assim foi, sucessivamente, até que todos os grupos tivessem uma religião. Hannah falou um pouco sobre cada uma. Nosso cabeça de elefante chamava-se Ganesha, era um deus hindu, filho de Shiva e Parvati, também deuses. Ganesha não nasceu com cabeça de elefante. O que aconteceu foi que Shiva, que seria o pai de Ganesha, depois de algum tempo casado com Parvati, que seria a mãe de Ganesha, começou a sentir saudade de suas viagens. Ele adorava viajar para montanhas longínquas e perigosas. Parvati, percebendo que o marido andava triste, sempre em casa, longe das suas montanhas, sugeriu que ele fosse viajar.

— Vai, Shiva. Pode viajar com seus companheiros. Quando você era solteiro, adorava ir para as montanhas e meditar. Eu entendo como isso é importante para você — disse Parvati.

— Entende mesmo, Parvati?

— Claro, meu amor. Pode ir sossegado.

Assim, Shiva partiu em viagem, como nos bons tempos de solteiro. Colocou sua pele de tigre na cintura e pendurou algumas cobras no pescoço. Pegou o tridente e montou em sua vaca, chamada Nandi. Mas, quando Shiva meditava, não era por meia horinha. Eram longos períodos de meditação. Tão longos que, quando retornou, encontrou um moço à porta do bangalô onde vivia. Shiva não entendeu quem era aquele moço que queria barrar sua entrada.

— Deixe-me entrar.

— Não — respondeu o moço.

— Deixe-me entrar — repetiu Shiva.

— Já disse que não — repetiu o moço, que era ninguém menos que seu filho!

Shiva não sabia que, quando partiu, Parvati estava grávida!

Acontece que, enquanto rolava essa discussão entre os dois, Parvati tomava banho. Ao sair do banho, ela encontrou o filho decapitado. Isso porque Shiva havia perdido a paciência com aquele moço que não queria deixá-lo entrar em sua própria casa e zupt, cortou a cabeça do moço. Ou seja, os dois perderam a cabeça.

Parvati ficou louca da vida. Contou a Shiva que a cabeça que ele tinha acabado de cortar pertencia ao filho deles.

Shiva se desculpou.

— Ops! Foi mal...

Em seguida, ele tentou acalmar a esposa, dizendo que não tinha problema, pois, se aquele moço era filho deles, ele era um deus, e como deus não fazia diferença estar vivo ou morto. Parvati mandou Shiva parar de ser engraçadinho. Ordenou que desse um jeito de trazer o filho deles de volta. Shiva teve uma ideia. Caçaria o primeiro animal que encontrasse, cortaria a cabeça do bicho e a grudaria sobre os ombros do corpo do filho morto. Foi assim que a cabeça de um bebê elefante foi parar no corpo de um deus, que, ao tomar essa nova forma, recuperou a vida e passou a se chamar Ganesha. Tornou-se o deus do lar.

Era a história mais louca que eu já tinha ouvido na vida! Parecia uma mistura de ficção científica com desenho animado. Era genial. Eu não conhecia os outros deuses disponíveis, mas aposto que nenhum deles chegava aos pés de Ganesha. Hannah disse que Ganesha era apenas um dos vários deuses que encontraríamos no hinduísmo. Se tínhamos gostado daquela história, teríamos muitas outras pela frente, tão boas quanto. Disse também que agora era nossa obrigação fazer a pesquisa. Cada grupo pesquisaria sua religião e, dentro de três semanas, teríamos uma apresentação ecumênica.

Hannah deixou a classe com uma reverência diferente. Agora não mais a do chinês. Essa também era de curvar as costas, mas o gesto de mão era outro. Tocava o peito, a cabeça e terminava no ar. Imitamos o gesto e Hannah se foi.

Alexandra virou-se para trás e arrancou Ganesha das mãos da Cíntia. Alisou sua tromba.

— Taí! Gostei! Pegamos o mais louco de todos.

Mirela concordou que a escolha tinha sido muito boa e Cíntia agradeceu a aprovação. Escolher uma religião para Alexandra não era fácil, e minha amiga tinha acertado em cheio.

— Vocês costumam meditar? — Alexandra perguntou.

— De vez em quando — Mirela mentiu.

Nunca, em toda sua vida, Mirela jamais havia meditado. Disso eu tinha certeza.

— Eu não, coisa mais sem graça — respondeu Cíntia.

Eu respondi que não e pronto, sem comentários.

— Pois agora nós vamos meditar. Eu medito todos os dias e vocês também precisam começar.

— Pra quê? — Cíntia perguntou.

— Pra equilibrar as energias.

Dito isso, Alexandra puxou a caneta dos cabelos e jogou a cabeça para a direita e para a esquerda. As pontas dos seus cabelos varreram a carteira da Cíntia. Mirela fez o mesmo, mas os dela não eram longos o suficiente para tocar a minha carteira.

TRIPAS ESCORRIDAS

Assim que soou o sinal para o intervalo, Mirela e Alexandra partiram sem nem olhar para trás. Entre segui-las e esperar por Cíntia, desta vez resolvi esperar. Ela remexia no seu material. Vasculhava em várias divisórias de sua mochila, abria e fechava cadernos, virava os bolsos do avesso, revistava o casaco, até que se lembrou. Estava dentro da agenda.

— Trouxe dinheiro!

Sim, eu tinha reparado que Cíntia não tinha trazido lancheira. Eu também tinha trazido uma nota, novinha em folha. Assim, com dinheiro no bolso, deixamos a sala. Nesse dia teríamos um intervalo digno de sexto ano. Nada de ficar escondida atrás da gruta, ouvindo sermão de Mirela.

Na lanchonete, meninos do oitavo ano, quase homens, estavam debruçados sobre o balcão. Bebiam água com gás e chupavam Halls preto. Para conseguirmos algum alimento na lanchonete teríamos de nos espremer entre eles e gritar o pedido. Era assim que todo mundo fazia.

— Eu vou lá — disse Cíntia.

Fiz a minha encomenda e deixei que minha amiga enfrentasse sozinha a barreira de meninos quase homens. Afastei-me. Sentada a uma boa distância da multidão, observei a cena como quem assiste a uma luta de boxe. Uma distância segura para que os respingos não sujassem meu uniforme. Lá se ia minha promessa de ser uma pessoa fraterna...

No lugar da Cíntia, eu teria preferido morrer de fome a encarar aquele balcão. Mas, ao contrário de mim, Cíntia não se deixou intimidar. Ela era por direito uma aluna do EF2, estudando no período da manhã. Ninguém podia segurá-la. Com duas notas na mão, ela abriu caminho entre a multidão. Exibia o dinheiro e pedia licença como se as notas fossem uma credencial de imprensa: "repórter especial". Entre cotoveladas conseguiu espremer-se ao lado do menino quase homem que bebia água com gás no gargalo e chupava Halls preto. Cíntia gritou: duas coca-colas e duas esfihas de carne! Gritou mais duas vezes a mesma coisa e finalmente foi atendida. Enquanto aguardava, contorcia-se. Imaginei que o movimento fosse um disfarce, para que os meninos não percebessem que ela estava prestando atenção na conversa deles. Depois de um longo tempo Cíntia recebeu seu lanche, mas não deixou o balcão. Virou-se de costas e ali ficou, como se estivesse presa ao chão. Não entendi nada. Suas caretas não davam pista do que a prendia ali. Então Cíntia cutucou o menino da água com gás e falou com ele! Segurando duas esfihas de carne e duas coca-colas, ela gesticulava e falava, embora não pudesse usar as mãos. Temi que, na sua movimentação, enfiasse um canudinho no nariz dele. Depois de um tempo Cíntia parou de falar, o menino lhe deu as costas e ela veio ao meu encontro.

— O que foi aquilo? — perguntei.

— Ele estava pisando no meu cadarço.

Os cadarços do seu tênis escorriam pelo chão.

— Mas eu já vou dar um jeito nisso — completou.

Amarrou seu tênis como se fosse uma sapatilha de balé. Os cadarços subiram em zigue-zague até metade de sua canela. Finalizou com três nós apertados.

— Pronto. Agora não tem mais perigo. Vamos procurar um lugar para lanchar.

Essa era a velha Cíntia que eu conhecia. Se trazer lanche na lancheira passou a ser motivo de vergonha, ela trazia dinheiro de casa. Se para tomar seu lanche ela tinha de enfrentar meninos do oitavo ano, usava os cotovelos. Se seus cadarços prendiam-na aos meninos, ela usava sua criatividade e os amarrava firme e forte.

— Vamos, Ágata!

Segui minha amiga. Por um tempo andamos a esmo pelo pátio. Talvez Cíntia estivesse certa e as coisas não fossem tão complicadas quanto pareciam. Quando eu estava ao seu lado, era como se tudo fosse como sempre foi, a não ser pelo fato de estarmos zanzando para cima e para baixo feito duas turistas numa praia lotada. Nenhum cantinho de areia onde pudéssemos nos sentar.

— Olha ali a Alexandra e a Mirela! — Cíntia apontou. — Vamos lá.

Cíntia correu até o canto da quadra, sem nenhum rancor por ter se tornado Ovomaltine. Sua habilidade de perdoar era mesmo invejável.

— Oi! O que vocês estão fazendo? — perguntou.

Eu diria que as duas estavam meditando. Sentadas uma de frente para a outra, de olhos fechados e respirando profundamente. Uma respiração coordenada. Ficavam um tempão imóveis e então soltavam uma baforada de ar. As mãos pareciam "mãos de reza", com as palmas unidas. Mas, por estarem com as mãos pousadas sobre a cabeça, não era reza católica. Depois de uma longa baforada de ar, Alexandra e Mirela abriram os olhos e giraram o pescoço em nossa direção. Cada uma tinha um círculo vermelho entre as sobrancelhas.

— Aceitam?

Cíntia empurrou a esfiha de carne na cara da Mirela, que pulou para trás, enojada.

— Nós não comemos carne — Alexandra respondeu.

— Desde quando?

— Desde o princípio dos tempos — Mirela respondeu.

Alexandra e Mirela sorriram e inclinaram a cabeça para a

frente. As palmas das mãos unidas, agora junto ao peito. Cíntia e eu nos sentamos. Notei que as duas estavam descalças. Elas retomaram a meditação enquanto Cíntia e eu comíamos nossas esfihas. Cada vez que eu tomava um gole de refrigerante, e naturalmente fazia barulho de sucção, elas abriam os olhos e interrompiam a meditação. Cíntia tampouco se importava. Comendo esfiha de carne, observávamos o estranho ritual das duas. Eu tentava entender o motivo daquela concentração. O único propósito parecia ser inspirar e expirar. Mas até aí, ainda que mastigando e bebendo coca-cola, e sem concentração alguma, eu conseguia muito bem inspirar e expirar. Aproveitei o silêncio e meditei um pouquinho. Eu ainda não sabia que o verdadeiro sentido da meditação é esvaziar a mente. Achava que era o contrário, que você devia escolher um assunto e pensar a respeito. Escolhi o assunto que mais me atormentava naquele dia: o demônio verde. Mais perturbador do que ter encontrado a criatura verde e mantido uma conversa com ela era o fato de ainda não ter contado nada disso às minhas amigas. Se fosse no quinto ano, no instante em que o demônio se desfizesse em fumaça e se escafedesse, eu teria corrido de volta para a sala de aula, agarrado Cíntia pelos ombros e dito a seguinte frase: "Você não vai acreditar no que aconteceu comigo!". Era sempre assim que começávamos nossas confidências. As coisas que contávamos uma para a outra eram todas inacreditáveis. Coisas do tipo: "Fui ao dentista e vou ter de colocar aparelho nos dentes!". A amiga responderia: "Não acredito!". A do aparelho insistiria: "Juro por tudo o que há de mais sagrado!", e assim o assunto seria tratado como se fosse a coisa mais espetacular do universo, mesmo sendo apenas uma consulta ao dentista. Agora que tinha um demônio verde de carne e osso, eu não dizia nada. Por que isso? Meu encontro com o demônio tinha acontecido no final da manhã do dia anterior. Mais um pouco e teria dado 24 horas até que eu contasse para alguém.

— Assim não dá! Esse cheiro de carne morta está atrapalhando tudo!

Alexandra abandonou a posição de meditação e deitou-se no banco de concreto. Mirela abriu os olhos e nos encarou.

— Satisfeitas?

Essa pergunta podia ser interpretada de duas maneiras. A primeira, que não era a correta, seria em relação ao nosso lanche: o primeiro a ser comprado na lanchonete da escola. Estava, sim, delicioso, mil vezes melhor que os sanduíches de pão esfarelado e sucos quentes que eu trazia na lancheira até o ano passado. A segunda interpretação era se Cíntia e eu estávamos satisfeitas por termos interrompido uma prática de meditação. Nesse caso a resposta também era afirmativa. Mas eu não disse nada. Além do mais, ela queria o quê? Que comêssemos carne viva?

— Por que vocês estão rezando? — Cíntia perguntou.

Depois de uma gargalhada de vários minutos, Alexandra respondeu.

— Não era reza. Estávamos me-di-tan-do.

— Me-di-tan-do — Mirela repetiu.

Mais uma gargalhada. Cíntia insistiu.

— Pra quê?

Uma nova gargalhada precedeu a resposta seguinte. Se o que Cíntia falava tinha graça ou não, pouco importava. Estabeleceu-se um padrão. Toda vez que Cíntia dissesse alguma coisa, ria-se. A resposta veio da Alexandra:

— Porque agora somos hindus.

Antes que pudéssemos dizer algo mais, Alexandra saltou do banco e segurou a cabeça da Cíntia entre as mãos. Puxou sua franja para trás e pressionou o dedo indicador contra sua testa.

— Mirela, a marca — disse.

Foram movimentos rápidos. Mirela tirou uma canetinha vermelha do bolso da calça e atirou-se para cima da Cíntia. Pintou o terceiro olho entre suas sobrancelhas enquanto Alexandra segurava seus braços. Largaram-na e vieram para cima de mim. Enquanto Mirela segurou meus braços, Alexandra marcou minha testa. Eu me senti como uma folha de caderno. Embora

Alexandra olhasse fixamente para mim, enquanto pintava meu terceiro olho, ela não me via. Eu era um crânio revestido de pele. Uma tela humana onde ela registrou sua marca.

— Pronto. Agora vocês precisam se livrar das suas amarras.

Não entendi nada. O que ela queria dizer com isso?

— Tirem seus sapatos.

Cíntia passou o resto do intervalo desamarrando os nós do cadarço de bailarina. Os meus sapatos eu tirei rapidamente. Escondi os pés debaixo do banco. Se irmã Juliardina nos visse descalças, seria motivo de repreensão. Quando Cíntia finalmente conseguiu se desvencilhar das suas amarras, soou o sinal anunciando o fim do inetrvalo. Ela nem chegou a tirar o tênis. Amarrou novamente os cadarços e corremos de volta para a sala de aula. Quando alcançamos nossas carteiras, os cadarços da Cíntia estavam soltos, espalhados por todo lado, como tripas escorridas.

SAGRADA ALEGRIA SÚBITA

Alexandra decidiu que nesse dia não voltaríamos para casa. Era preciso dar início ao trabalho de pesquisa para a apresentação ecumênica. Seguimos para a biblioteca, onde teríamos todo o conhecimento da humanidade à nossa disposição. Ou assim pensamos. Marcelo Galvão, André Martins e Nelson Modesto foram mais rápidos. Estavam debruçados sobre um mapa do Oriente Médio e cochichavam.

Quando passamos por eles, Alexandra juntou as mãos e fez um leve movimento de cabeça. Mirela, Cíntia e eu copiamos. Puxamos nossas cadeiras para junto de um computador e Alexandra se apoderou do teclado. Navegamos por diversas páginas, mas nem tudo o que me interessou eu consegui ler até o final. Alexandra abria e fechava janelas numa velocidade frenética. Olhava as figuras, lia as primeiras linhas de cada texto e partia para outro.

— A-há! Era isso o que eu estava procurando!

Alexandra afastou-se do monitor para que pudéssemos ver sua descoberta.

— Ovo, por favor, leia em voz alta para nós.

— Todo hindu deve ter um guru — Cíntia leu.

— Alguém se candidata?

A pergunta da Alexandra me soou tão absurda que nem respondi. Gurus não são escolhidos no par ou ímpar. Acredito que Mirela e Cíntia estivessem pensando o mesmo que eu, pois também não se candidataram. Alexandra podia ser mais experiente que nós em vários aspectos, mas não o suficiente para se tornar nossa guru.

— Nesse caso, eu serei a guru espiritual do grupo — Alexandra decidiu.

— Você vai regular nossas vidas? — Cíntia perguntou.

Gargalhada automática por parte de Mirela e Alexandra. Depois de recuperar o ar, como se tivesse acabado de sofrer um ataque fulminante de cócegas, Alexandra respondeu:

— Claro que não, Ovo. Nós, hindus, somos livres. Não há pecado. Buscamos o bem-estar, o amor e a beleza.

Alexandra tomou as mãos da Cíntia.

— Estou aqui pra te orientar, Ovinho.

Com isso Alexandra abriu um sorriso largo e, se estivéssemos num desenho animado, dourado e cintilante. Ela pulou de um pé para o outro ao som de sininhos imaginários, mais ou menos como os Hare Krishna no sinal vermelho.

Até esse ponto, tudo o que eu sabia sobre hinduísmo era o que tínhamos acabado de consultar na internet. Se aquilo tudo era verdade, a religião me pareceu ótima. Fui tomada por uma onda de alegria. Minhas duas melhores amigas e nossa guru dançavam em roda na frente do computador. Não numa roda de menininhas cantando cantiga. Era uma roda sagrada. Puxaram-me pelo braço e eu também passei a saltitar e girar. Estávamos tomadas por uma alegria difícil de explicar. Cantamos "Hare, Hare, Krishna, Krishna, Hare, Hare, Krishna, Krishna", girando cada vez mais rápido até a bibliotecária romper nossa roda, reprimir nossa manifestação e nos expulsar dali.

Na saída, passamos por Marcelo Galvão, André Martins e Nelsinho. Eles continuavam debruçados sobre um mapa e pareciam preocupados. Alexandra ainda estava tomada pela alegria súbita. Puxou o mapa e requebrou na frente deles. Com os braços erguidos, fez uma dança de odalisca, jogando o quadril para os lados. Um pé no chão e outro no ar. Nelsinho assobiou e piscou para ela. Marcelo Galvão e André Martins ficaram meio sem graça, mas depois da piscada do Nelsinho, trocaram sorrisos maliciosos. Alexandra se recompôs e partiu. Mirela seguiu e eu fiquei ali parada, encarando os meninos. Cíntia me puxou pelo braço, mas não me mexi. Ou melhor, não me locomovi. Eu me mexi bem, a começar pelo quadril, que rebolou para cá e para lá. Mas, para mim, Nelsinho não piscou nem assobiou. André Martins e Marcelo Galvão não trocaram sorrisinhos maliciosos. Aumentei o ritmo do requebrado e isso fez com que Marcelo Galvão gritasse por Alexandra.

— Ei, sua amiga está passando mal.

Alexandra se virou e me flagrou requebrando para os meninos. Todos caíram numa gargalhada que resultou numa segunda aparição da bibliotecária. Saímos correndo. No corredor, enquanto corríamos, Alexandra disse que eu era ridícula.

A VERDADEIRA FUNÇÃO DOS CAFEZINHOS

— Eu não achei ridículo — disse a criatura verde.

Ignorei o comentário e voltei minha atenção para o problema que Doroteia tinha colocado na lousa. Estávamos no meio de uma aula de matemática, tentando aprender potenciação, que só pelo nome já me parecia algo incompreensível.

— Não se preocupe com isso — ele disse, fechando meu caderno.

— Vai cair na prova — respondi.

— Se cair, eu te ajudo. Vamos ali tomar um café.

— Eu não bebo café.

O demônio bufou e uma fumacinha verde escapou das suas narinas. Ele revirou os olhos.

— Larga de ser chata, menina. Nessa idade vocês são tão caretas! Credo!

Eu já não acompanhava mais a linha de raciocínio da Doroteia. Nada do que ela falava fazia sentido. Fechei meu caderno e segui a criatura verde. Entramos numa padaria e nos sentamos ao balcão. Ele pediu uma média e perguntou o que eu ia beber.

— Já disse que não vou beber nada.

— Tudo bem... Não está mais aqui quem perguntou.

— O que você quer de mim?

— Sua alma — o demônio respondeu.

Eu nunca devia ter deixado a aula. Nunca! Agora eu estava numa padaria imunda, sem mesmo saber como tinha ido parar ali.

— Brincadeira, Ágata. Não quero a sua alma. Relaxa.

É sempre um alívio saber que o demônio não está interessado na nossa alma. Mesmo assim, eu não queria a companhia dele. Ele também tinha visto meu requebrado na biblioteca. Não sei por que fiz aquilo. Não fazia sentido. Requebrar para Marcelo Galvão no meio da biblioteca... A não ser que...

— Foi você! — eu disse. — Você entrou no meu corpo.

— Ahn? Para com isso...

— Só pode ter sido você. É a única explicação.

— Nem vem... Você requebrou porque quis. Foi lá, requebrou e pronto. Normal. Esquece. Até achei bonitinho.

Corei de vergonha e acho que ele percebeu, pois teve a delicadeza de mudar de assunto.

— Tenho um assunto pra tratar com você.

— Diga...

— Preciso te alertar sobre algumas coisas que vão acontecer no futuro próximo.

— Eu corro perigo de vida? — perguntei.

— Não. Nada tão drástico assim.

— Então o que é?

Um homem de terno branco trouxe a média, num copo de requeijão. Era pouco provável que alguém usasse terno branco para trabalhar numa padaria, mas dentro do contexto não dei importância a isso. O demônio mandou anotar na conta dele. Pelo jeito, era freguês antigo.

— Não vai falar? — perguntei.

Tive de esperar ele terminar a média e limpar a boca num guardanapo de papel, que depois amassou numa bolinha e atirou dentro do cesto de lixo. Então disse:

— Você está se perdendo em suas fantasias.

— Não é verdade! — retruquei.

De trás da máquina de café, o homem de terno branco gritou:

— É verdade, sim, senhora!

— Eu já te apresentei o Arnaldo? — o demônio perguntou.

— Prazer, Ágata.

— Arnaldo é meu assistente. Voltando ao assunto, tanto é verdade que a senhorita está se perdendo em suas fantasias que está aqui comigo.

— Ou é você que está aqui? — perguntei.

— A-HÁ! Agora, sim! Gostei de ver!

O demônio girou no banquinho.

— Desenvolva mais esse pensamento, *chérie*. Quero ver se você está pensando o mesmo que eu.

O que eu estava pensando era que eu não estava na padaria. A padaria é que estava em mim. Durante todo esse tempo eu permaneci em sala de aula, de olhos arregalados, olhando para a cara da Doroteia. Como não estava entendendo coisa alguma da matéria, me deixei levar para uma padaria imunda. No entanto, se piscasse os olhos e chacoalhasse a cabeça, a padaria imunda, a máquina de café, o balcão, o homem de branco e a criatura verde deixariam de existir, feito bolha de sabão. Eu não estava perdida nas minhas fantasias coisa nenhuma! Ainda tinha completo domínio quanto a estar numa padaria ou em sala de aula.

— Tudo bem aí, Ágata? — Doroteia perguntou.

Só então percebi que tinha me contorcido demais. Meu caderno e estojo caíram da carteira e a classe toda caiu na risada. Cíntia me ajudou a recolher as canetinhas. De todos, era a única que não ria. Repetiu a mesma pergunta da Doroteia. Mas, ao contrário da professora, com uma preocupação sincera.

FUMAÇA VERDE

Há uma semana andávamos com uma marca vermelha no lugar do terceiro olho e não usávamos mais nenhum tipo de elástico ou presilha no cabelo. Passávamos o intervalo todo sentadas em roda. Compramos tornozeleiras de sininhos. Enchemos os braços de pulseiras e, por cima da marca vermelha no terceiro olho, grudamos adesivos com purpurina. Prendemos argolas de pressão no nariz. Alexandra estava disposta a furar o nariz de verdade, era apenas uma questão de convencer a mãe. Além disso, tinha os incensos que acendíamos no meio da roda e os tapetes coloridos, para sentarmos em cima. No terceiro dia pintamos a palma da mão como parte de um ritual de noivado. Não que estivéssemos para casar, mas foi uma ordem da Alexandra. Como guru ela não hesitava em dar ordens. Cada uma pintou a mão da outra, seguindo um modelo que encontramos num livro na biblioteca. Estávamos para entrar num período de limpeza interior, que envolveria enfiar um fio de barbante pelo nariz e puxá-lo por outra extremidade, quando algo aconteceu.

Foi durante o breve período em que eu ficava sozinha na escola vazia, antes de os alunos chegarem, enquanto os pássaros cantavam em histeria e eu tinha a mureta da quadra inteirinha para mim. Nesse dia eu lia *O escaravelho do diabo*, sugestão de Reinaldo Garcia. Para ser sincera, me sentia um pouco enganada com o livro. Lia assim mesmo. Nessa época eu sempre lia os livros até o fim. Levou anos para me sentir no direito de abandoná-los na metade. Achava que era falta de consideração com o autor.

— Bom dia, Ágata!

— Bom dia, irmã Juliardina.

— Não é um lindo dia?

Olhei para o céu. Devia ser um lindo dia. Não tinha jeito de chuva. Pouco me importava se o dia era lindo ou feio. Quem se importa? Era um dia de aula.

— É lindo — respondi mesmo assim.

Apesar do horário, irmã Juliardina já estava em pé e circulando. Ela pertencia à categoria de irmãs-ganso por dois motivos. Primeiro, porque sua única função era zanzar pela escola procurando sinais de bagunça. Segundo, porque não batia muito bem da cabeça. Mas, mesmo sendo louca, continuava sendo freira. Era só não a levar a sério que tudo bem. Notei que nessa manhã irmã Juliardina trazia um sorrisinho no rosto. Esse sorrisinho continha um prazer suspeito. Era o sorrisinho do Dick Vigarista! irmã Juliardina, disso não tive dúvida, estava alegre. Não entendi o motivo e nem fui louca de perguntar. Deixei por isso mesmo.

Irmã-ganso que era, ela não tinha muito o que fazer naquela hora do dia. Então empurrou minha mochila e se sentou ao meu lado. Cruzou as pernas e fechou os olhos. Inclinou a cabeça em direção ao sol. Virei o rosto. Ela estava tomando um banho de sol. Apesar de eu não ser nenhuma especialista nos certos e errados da vida das freiras, algo me dizia que freiras não devem inclinar a cabeça para trás e curtir o calor do sol. Continuei lendo meu livro e irmã Juliardina ficou ali, com a cabeça tombada para trás. Depois de alguns minutos, a cabeça da irmã Juliardina voltou à posição normal de cabeça de freira. Ela descruzou as pernas e sentou-se de uma maneira mais condizente com sua posição. As mãos cruzadas sobre a saia marrom pareciam ter caído no sono. Nesse instante, não sei por que, peguei na sua mão e senti que estava quente. Muito mais quente que a mão de uma freira deve ser. Não que eu andasse de mãos dadas com elas, mas essas coisas a gente sabe. Foi quando uma fumaça verde saiu do nariz de irmã Juliardina e subiu bem devagarinho, como um pernilongo. Não resisti à tentação e meti a mão entre a fumaça. Cheirava à erva-mate. Irmã Juliardina deixou escorrer uma lágrima, depois mais uma e pode ter havido outras, mas ela escondeu o rosto. Eu a abracei e disse a ela para não ter medo. Sugeri que fosse descansar um pouco. Ela concordou. Levantou-se e com passos vagarosos foi se recompondo no caminho. Fiquei a imaginar o que se passava na sua cabeça. Eu nunca tinha visto uma freira chorar. Não sabia que era permitido. Pelo menos agora ela estava livre da possessão.

Esperei até que irmã Juliardina tivesse entrado no corredor reservado para as freiras e corri para dentro do prédio. Fui direto para o vitral onde anjo Gabriel ficava tocando corneta. Eu precisava evocar o demônio verde urgentemente. Isso não era certo. Uma coisa era manter conversinhas imaginárias comigo, outra coisa era possuir uma freira. Ele não tinha esse direito! Sentei no banco e fechei os olhos. Fora o pessoal da limpeza, ainda não havia ninguém na escola. Contei até três. Quando abrisse os olhos, ele deveria estar na minha frente. Abri os olhos. Ele não estava lá. Virei-me e encarei o anjo. Ele mantinha o olhar vidrado em sei lá o quê. Na Virgem Maria, suponho. Respirei fundo e disse em voz de pensamento: "Eu sei que você está me ouvindo e não quer aparecer para não me dar esse gostinho, pois quer que eu pense que você só aparece quando tem vontade. Mas preste atenção no que vou lhe dizer. Você só não foi massacrado ainda porque eu estou sozinha. Se eu tivesse falado de você para as minhas amigas, nós já teríamos acabado com a sua raça. Sei muito bem como você funciona, seu bicho verde. Mas tudo isso está prestes a acabar porque eu vou contar tudo para elas! TUDO!".

Fiz o sinal da cruz e saí correndo. Temi que anjo Gabriel estivesse ouvindo e, assim que eu terminasse meu discurso, ele tocasse algumas notas na corneta. Algo como "Tcha-nan!".

PARASITAS SEM PROPÓSITO

Professor Alberto estava longe de ser meu professor favorito. A única coisa boa da aula de ciências é que íamos para o laboratório: um lugar frio, escorregadio e obsoleto. Eu gostava disso. Infelizmente, nada que estava ali servia para a nossa turma. Por mais que passássemos de ano, nunca chegava o ano certo para meter a mão nos vidros de maionese com cobras enroladas dentro. Nunca entendi o propósito daquelas cobras em conserva. No fundo, era para efeito decorativo, mas professor Alberto, um homem baixinho, branco e talvez gelatinoso — se eu tivesse coragem para constatar —, jamais admitiria isso. Naquele dia estudaríamos o parasitismo. Professor Alberto usou os termos "hospedeiro" e "parasita". Explicou que, nesse tipo de relação, uma das partes sempre estará em desvantagem. Do jeito como falou, o hospedeiro mais parecia uma hospedaria, em vez de um ser vivo. O parasita seria um folgado que chega, todo pimpão, se instala no lugar e passa a viver de favor.

Professor Alberto aproximou-se da Cíntia, bagunçou seus cabelos e disse:

— Aqui, por exemplo. Vamos imaginar que nossa colega Cíntia estivesse com piolho.

Todos riram.

— Seria um caso clássico de parasitismo. Cíntia como hospedeira e o piolho como parasita.

Cíntia levou as mãos à cabeça e ajeitou os cabelos. Olhou feio para professor Alberto.

— Um exemplo teórico, é claro — disse, e continuou andando com as mãos para trás. — Também temos as pulgas, carrapatos, vermes, aquelas mosquinhas que se alimentam de feridas necrosadas...

Algumas meninas fingiram que iam vomitar. Eu me lembrei da irmã Juliardina. Fiquei pensando no comportamento das criaturas parasitárias. Por mais que me concentrasse nas palavras do professor, não encontrei explicação para a minha dúvida. Por que Deus permite que seja assim? Por que ele as criou?

— Foi ideia minha. O mundo já estava cheio de plantas e animais, essas coisas que todo mundo acha lindo. Mas eu queria algo diferente. Pensei: vou bolar um ser inspirado essencialmente na minha filosofia de vida.

— Do que você está falando?

— Dos parasitas, ué! — respondeu o demônio.

Ele estava sentado numa poltrona de couro. Ao seu lado havia uma mesinha com uma bandeja com aperitivos. Um queijo fedorento que meu pai adora, com fungos azuis no meio. Ele tomou um gole de vinho.

Eu não ia discutir minha aula de ciências com ele. Além do que, tínhamos um assunto muito mais importante, que exigia uma explicação.

— Por que você se enfiou dentro no nariz da irmã Juliardina? Não gostei daquilo.

— Foi divertido, vai...

— Foi uma falta de respeito!

— Eu tinha um bom motivo pra fazer aquilo.

O demônio lambeu a ponta do bigode. Continuou:

— Aquilo foi um exemplo pra você.

— Se foi, eu não entendi o recado.

A bem da verdade, agora que confessara que tinha sido ele mesmo que subiu pelas narinas da irmã Juliardina, entendi perfeitamente. Será que eu seria a próxima? Não tive coragem de perguntar.

— Coloque-se no meu lugar. Se pudesse entrar no corpo das pessoas, você não entraria?

— Claro que não!

Eu não entraria no corpo de ninguém. É nojento. Além do mais, eu respeito as pessoas. Já basta o que tenho dentro de mim. Pra que ir fuçar dentro dos outros?

O demônio pegou seu tridente e enroscou uma ponta na gola do meu uniforme. Puxou-me para perto e olhou bem nos meus olhos.

— Hum... É verdade. Você não entraria. Deve ser a idade.

Nesse instante eu senti uma alfinetada. Não do garfo do demônio, mas da vareta de aço que professor Alberto usava para apontar os painéis pendurados na parede.

— A senhorita não preencheu o relatório.

Com a ponta da vareta, professor Alberto empurrou o relatório em minha direção. Procurei minha lapiseira e, antes que encontrasse, a vareta de aço a empurrou até mim. Deve ter passado um tempão enquanto fiquei no submundo. Alexandra, Mirela e Cíntia já estavam de mochila nas costas, braços cruzados. Cíntia fazia caretas para mim. Bastava registrar os diferentes tipos de parasitas, que todo mundo viu, mas que mesmo assim precisavam ser descritos em termos científicos. Uma nojeira total.

Mais uma vez, eu tinha jogado conversa fora com o demônio, quando meu objetivo era intimidá-lo. Discutíamos as delícias de possuir o corpo de uma pessoa! Que ódio de mim mesma por reconhecer que me deixei levar pelo demônio! Agora eu me sentia como um pedaço de pão que se deixa mofar. Minha vontade era de bater a cabeça contra a parede. Entreguei meu relatório. Professor Alberto leu o que escrevi e fez um rabisco no topo direito da folha.

VICK VAPORUB

Estávamos estiradas ao sol, no nosso canto da quadra. Realmente, era um dia bonito. Era um dia de trégua. Havia dias assim, em que Alexandra deixava Cíntia em paz. Continuava chamando-a de Ovo, mas era um "Ovo" carinhoso.

Alexandra falava sobre a dieta vegetariana que teríamos de manter a partir daquele dia. Teríamos de abolir carne vermelha, peixe, frango, leite e ovos. Nesse ponto, Alexandra e Mirela engataram numa sequência de piadas sobre ovos e Ovomaltine. Fim da trégua. Cíntia ria de vez em quando, para acompanhar, enquanto as duas pareciam estar à beira de um ataque histérico. Eu ouvia tudo que diziam. No entanto, era como se eu não estivesse ali. Pelo jeito, teria de esperar outra ocasião. Em meio a piadas sobre ovos, não havia clima para falar daquilo.

— Credo, Ágata! O que você tem? — Alexandra perguntou. — Tá apaixonadinha... tá?

— Tá apaixonada! — Mirela cantarolou.

— Não estou apaixonada.

— Então por que essa cara? — Mirela perguntou.

— Eu tenho uma coisa pra dizer.

— Desembucha, então — Alexandra mandou.

Essa era a hora de dizer. Ainda não havia clima, mas pelo menos elas estavam caladas, esperando que eu falasse. Abri a boca e percebi que não sabia por onde começar. Suspirei.

— Xiiiii... — disse Alexandra.

— Algum problema, Ágata? — Cíntia perguntou.

Eu não queria que a coisa fosse para esse lado. Não queria parecer a coitadinha. Não na frente da Alexandra. Era melhor falar logo.

— Aconteceu uma coisa muito estranha comigo.

Foi um bom começo, pois as três se aproximaram, olhos arregalados.

— Eu converso com entidades.

Nenhuma reação. Alexandra e Mirela se olharam sem gargalhar.

— Ok, tenho uma pergunta — disse Alexandra.

Ela queria saber se eu conversava com várias entidades ou alguma entidade específica. Disse a verdade e descrevi o demônio verde.

Alexandra saltou da mureta, sentou-se à minha frente, olhou para mim e disse:

— Vamos pra farmácia agora mesmo. Não temos tempo a perder.

— Mas nós não podemos sair da escola durante o intervalo! — Cíntia protestou.

— Nesse caso, podemos, sim! — Alexandra respondeu, e se pôs a correr.

Seguimos correndo atrás dela e só paramos quando alcançamos o portão de saída, bloqueado pelo bedel, de braços cruzados.

— Abra o portão. Precisamos sair. É urgente — Alexandra ordenou.

Era um mau começo. Primeiro, porque ela esqueceu o "por favor". Segundo, porque bedéis não obedecem a ordens de alunos e Alexandra tinha emitido uma ordem direta.

— Onde as senhoritas pensam que vão com tanta pressa?

— Vamos à farmácia.

Alexandra me empurrou para cima do bedel.

— Desceu pra ela — disse. — Agora, no meio do intervalo. Acabou de descer.

Eu teria preferido a morte. O bedel abriu o portão e disse que tínhamos três minutos para ir e voltar. Atravessamos a rua e invadimos a farmácia.

— Posso ajudá-las? — perguntou a senhora atrás do balcão.

— O problema é com a nossa amiga — Alexandra respondeu.

Só então pude me perguntar o que estava fazendo ali. Por que eu precisava de uma farmácia? O que é que havia de errado comigo? Eu não tomaria nenhum remédio sem prescrição médica. Se Alexandra pretendia me envenenar, eu lutaria até o fim. Apertei os dentes e subi na balança, de costas para o marcador. Pouco me importava meu peso. Queria ver até onde ia aquela loucura. Cíntia colocou-se na minha frente, como um anteparo. Ela estava tão confusa quanto eu. Alexandra empurrou Cíntia até a prateleira das pastas de dente. Disse para ficar longe de mim. Então escolheu um vidro de Listerine. O rótulo era preto com letras prateadas. O líquido era azul-piscina. Enxerguei as palavras "proteção" e "combate".

— Este é o mais forte que você tem? — perguntou.

A balconista respondeu que sim.

— O que você acha, Mirela?

Mirela leu os dizeres do verso do frasco. Não parecia satisfeita.

— Vamos precisar de um Vick VapoRub também.

— Algo mais? — perguntou a balconista.

Alexandra respondeu que aquilo seria suficiente e perguntou quanto devíamos. Alexandra, Mirela e Cíntia juntaram seus trocados. Como ninguém havia comprado lanche, conseguiram juntar a quantia necessária. Pelo espelho atrás do balcão fiz algumas caretas para Cíntia. Era uma careta que dizia: "Que diabos está acontecendo?". Ela respondeu com um gesto de ombros que significava: "Não faço a menor ideia". Nossa breve comunicação não passou batido por Alexandra, que se explicou à balconista:

— Não repare nelas, não.

Com isso a balconista olhou para mim, na balança, e para Cíntia. Vendo que não tinha nada de excepcional conosco, voltou aos seus afazeres. Alexandra pegou o troco e saímos correndo. Atravessamos a rua e socamos o portão. O bedel abriu e Alexandra mostrou a sacolinha da farmácia. Mais uma vez, quis cavar um buraco e me enfiar dentro. Corremos para o banheiro das meninas.

— Segurem ela bem firme — Alexandra ordenou.

Mirela tomou meu braço esquerdo e torceu-o para trás. Eu já tinha visto inúmeros braços serem dobrados desse jeito em filmes policiais, mas com o meu nunca tinha acontecido. Cíntia não teve coragem de fazer o mesmo e apenas me deu a mão.

— OVO! — gritou Alexandra. — Eu disse para segurá-la com força!

Cíntia me segurou pelo cotovelo, mas não chegou a apertar.

Alexandra abriu o frasco de Listerine azul-piscina para adultos. Encheu uma tampinha, até transbordar.

— Abra a boca.

Nem por um milhão de dólares. Virei a cabeça e mordi os lábios. Alexandra apertou meu maxilar como se eu fosse um bebezinho e minha boca se abriu. Meus olhos se encheram de lágrimas, mas eu não engoli o líquido ardido. Alexandra prendeu meu nariz e empurrou minha cabeça um pouco mais para trás. Despejou o líquido azul-piscina dentro da minha garganta. Quando eu estava a ponto de sufocar, cuspi para todos os lados, sujando pia, espelho, parede e chão.

Elas me empurraram para junto da pia e eu cuspi o resto. Alexandra ergueu minha cabeça novamente e pegou o pote de Vick VapoRub. Lambuzou as mãos e desenhou uma cruz gelada na minha testa. Eu queria espirrar, mas ela encheu minha boca com mais uma dose de Listerine azul-piscina para adultos. Lágrimas escorriam sem controle.

— Pronto. Podem soltá-la.

Corri para a última cabine do banheiro e me tranquei.

Eu me sentia como um descampado numa propaganda de desinfetante. Estava tão desobstruída que achei que até uma brisa seria capaz de atravessar meu corpo. Dentro de mim tudo era vazio. Se eu saísse daquela cabine, seria contaminada pelas impurezas do mundo exterior. Dentro do vaso sanitário pendia uma caixinha de plástico com um sachê de limpeza. A água do vaso era da mesma cor do meu hálito fresco. Agora eu não tinha um único anticorpo para me proteger.

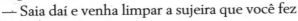

— Saia daí e venha limpar a sujeira que você fez — Alexandra chamou.

Não respondi.

— Ágata, tudo bem aí? — Cíntia perguntou com a voz trêmula.

Mirela meteu a cabeça por baixo da porta da cabine e puxou meu pé.

— Nunca vi tamanha porquice... — Alexandra resmungou.

Subi no vaso sanitário. Mirela fez o mesmo na cabine ao lado e deu de cara comigo.

— Pode sair. Já acabou.

Alexandra se esborrachava de rir. Abri a porta da cabine e encontrei-a sentada no chão do banheiro. Ela se levantou, parou de rir e olhou bem para mim. Disse:

— Funcionou! Funcionou!

— É verdade! — Cíntia concordou.

— Credo, pensei que tínhamos te perdido — disse Mirela.

— Essa história morre aqui — disse Alexandra. — Ninguém jamais, jamais vai ficar sabendo. Juram por Deus?

Juramos por Deus e por tudo o que havia de mais sagrado. Alexandra jogou as embalagens no lixo e cobriu com toalhas de papel. Soou o sinal anunciando o fim do intervalo.

O SERMÃO DA LIMUSINE BRANCA

Fiquei calada durante o resto do dia. Falava com minhas amigas apenas o suficiente para não dizerem que eu tinha parado de falar, porque se parasse de falar de vez talvez Alexandra achasse que ainda havia algo dentro de mim e me arrastaria para o banheiro de novo. Eu fazia comentários complementares e, mesmo assim, para cada comentário que eu fazia elas se olhavam como que analisando para ver se havia algum absurdo no que eu dizia. Ainda procuravam algo. Felizmente, nada do que eu disse foi considerado suspeito. A não ser na hora de me despedir. Eu disse:

— Tchau, garotas.
— Como? — Alexandra perguntou.
— Eu disse tchau — repeti.
— Não. Não foi tchau.
— Ela disse "tchau, garotas" — disse Mirela.

Era um lapso. Não sei por que disse "tchau, garotas". Nunca tinha chamado minhas amigas de "garotas". Somente possuída pelo espírito do Roberto Carlos eu diria algo como "tchau, garotas", mas eu disse.

— É melhor você ir pra casa, Ágata — disse Cíntia.

Era melhor mesmo. Entrei na perua sem me atrever a dizer mais nada. Segui para casa com minha alma oca, sentada à janelinha, no último banco. Olhava mais para fora que para dentro. Na perua, alunos tagarelavam, mas eu não prestava atenção. Quando paramos num sinal vermelho, uma limusine branca com vidros negros emparelhou conosco. Era impossível enxergar quem estava dentro, mas eu sabia. Não foi surpresa alguma quando baixaram o vidro elétrico e eu vi a cabeça verde.

— Bem que eu avisei.

Ele estava bebendo um drinque borbulhante, usava óculos de sol e camisa havaiana. O drinque era do mesmo azul que o Listerine. Era seu jeito de dizer que ele bebericava com prazer o líquido que quase me matou. Com tanta gente importante no mundo, por que ele me perseguia? Abri o vidro da perua.

— Não sei se você notou, mas você foi e-xor-ci-za-do!

— Eu não! Você é quem foi. Agora está aí, toda desinfetada. Ofereceu-me o drinque azul.

— Eu não bebo drinques azuis.

— Não sabe o que está perdendo...

Mais uma vez, eu perdia o foco e corria o risco de começar um papinho trivial com ele. Em todas as nossas conversas anteriores, nunca falamos de nada que prestasse. Era sempre esse papinho morno.

— Hoje eu falei de você pras minhas amigas, e agora você está perdido. Per-di-do!

O sinal abriu e a limusine disparou. A perua não acompanhava. Que agonia! A conversa não podia terminar daquele jeito. Só nos encontramos no próximo sinal vermelho. Ele esperava por mim, com o cotovelo para fora da janela. Palitava os dentes. Não tinha modos.

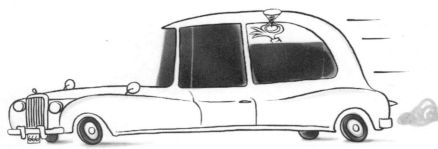

— Ágata, tenho uma perguntinha pra você.

— Pode perguntar. Não tenho medo.

— O que você acha que eu sou?

— Um folgado!

— Fora isso...

— Um demônio verde nojento.

— Dispenso o "nojento".

Era a volta da conversinha. Se ele era mesmo um demônio que me possuía, por que eu não estava vomitando gosma, girando a cabeça em 360 graus, descendo as escadas feito aranha e ouvindo mensagens subliminares na televisão?

— Ora, ora... A resposta é simples. Eu sou seu demônio particular, o que significa que não adiantou nada ter contado pras suas amiguinhas. É um lance particular, entende? Só você pode me enfrentar.

O folgado se espreguiçou, atirou o palito de dente no meio da rua e coçou a barriga.

— Eu sou todo seu, fofa. Sou um reflexo dos seus tormentos.

— Ai, não... Você não vai dar uma de psicólogo agora.

— É verdade, fofa. Você acha que eu ia fazer sua cabeça girar 360 graus? Bobagem... Sou um tipo mais denso, sofisticado. Almoça comigo, fofa?

Fofa... Fofa era a vó dele! Voltei minha atenção para os meninos que brigavam dentro da perua, tomei o partido de um deles e, como ele, me coloquei a gritar que o gol tinha valido, sim, senhor.

EU VOU PARA O CEMITÉRIO, MAS A VIDA CONTINUA

Eu poderia ter continuado possuída por um demônio verde que andava de limusine branca e me chamava de fofa, ao mesmo tempo que todo um sexto ano se desenrolava ao meu redor, o que teria sido catastrófico. Enquanto eu perdia tempo com aquela criatura asquerosa e prepotente, coisas importantíssimas aconteciam. Foi justamente um desses acontecimentos que me fez voltar ao mundo real. Infelizmente, um acontecimento trágico e, de certa maneira, provocado por mim. Estávamos a um dia da apresentação ecumênica. Admito que Alexandra fez um excelente trabalho em nos iniciar na doutrina hindu. Depois de três semanas de pesquisa, meditávamos todo intervalo e tínhamos uma nova dieta, tirada da cabeça da nossa guru, que passou a ter domínio completo sobre nossas vidas, ao contrário do que ela disse que aconteceria. O que ela fazia não era orientação. Orientação é quando, ao saber que uma amiga está sendo perseguida por um demônio verde, você conversa com ela e pergunta, delicadamente, se não está imaginando coisas. Mas, se ao saber que sua amiga está se encontrando com um demônio verde você compra um vidro de Listerine azul-piscina e um Vick VapoRub e a exorciza no banheiro das meninas, você não está orientando. Você está exercendo domínio. Alexandra exercia domínio em cada ato, fosse num jogo de queimada, fosse na escolha da dieta do dia.

No entanto, faltando apenas 24 horas para Alexandra consolidar seu domínio espiritual sobre nós, durante a apresentação ecumênica, algo aconteceu. Foi assim:

Eu me encontrava sozinha no cemitério. Situação extrema, mas era o único jeito de ficar em paz. E, mesmo no cemitério, eu sabia que meu sossego não duraria muito. Elas viriam atrás de mim. Eu estava sentada contra uma parede fria. Desse lugar podia observá-las. Era esquisito enxergar minha própria ausência. O buraco entre elas era evidente. Um buraco causado por mim.

Mirela e Alexandra ainda corriam sincronizadas de um lado para outro. Mas Cíntia parecia ter uma perna a menos. A professora insistia em usar cores para identificar os times: vermelho e azul. Teoricamente, esse critério permitia uma divisão justa e imparcial. As outras meninas da classe foram vítimas da divisão justa e imparcial. Aline Gonçalves, por exemplo, caiu num time enquanto suas amigas sem graça caíram no outro. Mas Mirela caiu no time da Alexandra e eu no time da Cíntia, provando que nem mesmo o acaso matemático era capaz de romper essa divisão natural que existia entre nós quatro.

No começo, o jogo se desenrolou de um jeito bagunçado. Queimava-se quem estivesse de bobeira, sem nenhuma estratégia. No início é preciso eliminar oponentes. Depois, sim, vêm os melhores lances. Eu fui a primeira a ser queimada no meu time. Sabia que assim que Alexandra pegasse a bola ela miraria no meu estômago. Mas eu não lhe daria esse gostinho. Quando a bola veio em minha direção eu não corri, não gritei, não cobri a cabeça com os braços. Deixei que acertasse minha perna. Pronto, estava queimada. Chutei a bola de volta e fui para o cemitério. As meninas do time protestaram dizendo que eu não estava prestando atenção, que não tinha valido, que Alexandra arremessou antes do apito — nada disso é verdade. Foi uma queimada justa e a professora não aceitou as reclamações.

Por coincidência, Mirela também acabou indo para o cemitério do seu time. Ao contrário de mim, ela se retirou protestando. Chutou a trave. Sua fúria não era tanto por ter morrido, mas por ter sido atingida por um arremesso da Cíntia. Isso fez da sua morte uma humilhação. Cíntia piscou para mim. Requebrou imitando um pato. Ela era uma das três finalistas do nosso time e, portanto, podia fazer tudo isso sem perder o respeito.

Eu continuava me sentindo como a gosma amorfa da lagarta que precisa se decompor para virar borboleta. Alexandra, agora dona da bola, já era uma borboleta que voava por onde bem entendesse. Mirela, que nas últimas semanas se tornou a sombra da Alexandra, era uma borboleta recém-nascida, toda cheia de si. Cíntia continuava sendo uma lagarta com cem perninhas. Eu estava feliz por Cíntia estar viva e por Mirela ter morrido, mas ainda não queria comemorar.

Mais do que qualquer coisa, eu desejava que Cíntia queimasse Alexandra. Era um desejo impossível, mas eu desejava mesmo assim. O jogo continuou e todas foram para o cemitério, exceto Alexandra e Cíntia. Aquela seria uma batalha histórica. As meninas vibravam como se fosse final da Copa do Mundo. A professora ficou surpresa com nosso entusiasmo. Nunca tinha visto coisa igual. Aquele jogo representava a batalha de Ovomaltine contra Alexandra. Cíntia sabia disso.

Mirela, sentada no cemitério do seu time, gritou:

— Omelete! Queremos omelete!

Temi que com isso Cíntia perdesse a concentração. Ela era melhor em fugir do que em arremessar. Alexandra tinha o arremesso mais forte. Cíntia era ágil, embora um pouco desengonçada. Cíntia ouviu a torcida do omelete e seus movimentos ficaram mais descoordenados do que já eram. Mesmo assim ela se safava da bola, contorcendo-se como uma minhoca. As meninas do outro time riam e gritavam coisas como "ovos batidos" e "ovos fritos". Era preciso revidar. Liderei as mortas do meu cemitério num grito forte e repetitivo:

— CÍÍÍÍN-TIA! CÍÍÍÍN-TIA!

Mirela não conseguiu fazer que as mortas do seu cemitério torcessem por Alexandra. Uma coisa era caçoar de Ovomaltine, outra era torcer por Alexandra. E no meio dessa gritaria de torcidas eu rezei. Primeiro para o Deus onipresente com quem já estava acostumada. Depois estalei os dedos e cantarolei para Ganesha, Jeová, Alá, a Deusa Cabeça de Gato e meu anjo da guarda. Fiz também uma rezinha rimada para o rei dos gnomos. Mentalizei pensamentos malignos e visualizei a pirâmide voadora. Clamei pela Mãe Terra, pelos espíritos perdidos, por São Jorge, por todas as forças do universo e pelo Demônio Verde. Ao gnomo prometi plantar um pé de repolho no canteiro da escola. Ao anjinho pelado prometi acender uma vela perfumada sabor pêssego. À pirâmide prometi prestar atenção nas aulas de matemática. A Alá prometi três meses sem comer no McDonald's.

A São Jorge prometi que no próximo jogo de queimada eu não deixaria ninguém me queimar e permaneceria em pé até o fim. A Jeová prometi economizar metade da minha mesada no mês de setembro. À Mãe Terra prometi parar de ficar cantarolando durante uma hora debaixo do chuveiro. Ao Demônio Verde prometi um charuto cubano que meu pai guardava numa caixa de madeira, na mesa de centro da sala de visitas, para uma ocasião especial. Amém.

Quando abri os olhos, minha primeira visão foi do corpo da Alexandra estendido no meio da quadra. A segunda imagem foi a professora de educação física correndo em direção ao corpo. A terceira foi um aglomerado de meninas debruçadas sobre o corpo. Então vieram os sons. Uma gritaria e a ordem para alguém correr até a enfermaria. Depois veio um cheiro de erva-mate e uma fumacinha verde.

Naquele dia Alexandra não voltou da enfermaria. Nem mesmo para buscar seu material. Ao final da última aula, a única novidade foi que irmã Lourdes bateu na porta. Reinaldo Garcia abriu e eles cochicharam entre si. Reinaldo Garcia perguntou se alguém poderia se responsabilizar pelo material da Alexandra. Mirela aceitou o fardo. Irmã Lourdes agradeceu com um movimento de cabeça e, antes que pudéssemos perguntar o que havia acontecido, ela fechou a porta. Reinaldo Garcia retomou a leitura de seu poema com tanta convicção que não ousamos interromper. Nesse dia Mirela não se despediu de nós. Manteve a cara fechada. Ao deixar a sala, colocou uma mochila nas costas e outra na barriga. A da Alexandra na barriga. Colocou as mãos sobre a mochila e deixou a classe como uma grávida com seus privilégios.

O GRANDE ENCONTRO UNIVERSAL DAS RELIGIÕES

Nosso primeiro dia sem guru coincidiu com o dia da apresentação ecumênica. Não tínhamos nenhuma notícia da Alexandra. Apenas que um dia antes estava viva, conduzindo sessões de exorcismo no banheiro, e agora não estava mais entre nós. Nem nas redes sociais ela deu sinal de vida, coisa que nos deixou realmente preocupadas.

— E agora? — Cíntia perguntou.

— Agora você se vira — Mirela respondeu. — Quem mandou queimá-la?

Nossa apresentação era dividida em partes iguais. Eu faria a introdução e falaria um pouco sobre a história da religião hindu. Em seguida Mirela falaria sobre os rituais e a doutrina. Depois Cíntia cantaria um mantra e mostraria algumas técnicas de meditação. Por fim, Alexandra apresentaria Shiva, Vishnu, Krishna e Brahma.

— Eu vou ter que apresentar quatro deuses? Mal conheço eles! Eu só sei cantar mantra. Passei essas semanas todas treinando aquele mantra ridículo porque nenhuma de vocês queria cantar na frente da classe e agora além de cantar vou ter de falar daquela cambada de deuses?

Se não fosse pela interrupção do Nelsinho, Cíntia teria continuado resmungando sem parar até o fim da aula. Mas ele sussurrou ao seu ouvido:

— Cíntia, será que você poderia nos ajudar com a nossa apresentação?

— Claro, Nelsinho! O que você quer que eu faça?

Desde o começo das aulas, essa era a primeira vez que um colega de classe, tirando eu, a chamava pelo nome. Achei estranho. Não demorou para entender o motivo de tanta gentileza. Quando chegou a vez da apresentação do islã, Nelsinho puxou Cíntia pela mão, como um súdito auxiliando sua rainha. Acompanhou-a até uma cadeira. Cíntia se sentou, sempre muito sorridente. Então Nelsinho a cobriu com um lençol azul-escuro. Nelsinho arrumou o lençol até encontrar um pequeno quadrado onde havia uma redinha. Era por ali que Cíntia enxergaria, mas eu não consegui ver seus olhos. Nada da Cíntia ficou para fora. Nem o tênis.

Marcelo Galvão deu início à apresentação citando os cinco pilares do islã. Eu não sei de onde ele tirou a palavra "pilar", no entanto foi bem apropriado. Do jeito que ele falava, a religião parecia um prédio de concreto. Dezenas, centenas, milhares de pessoas poderiam entrar, trazer pianos, geladeiras e camas-beliche, e o prédio continuaria em pé. Marcelo Galvão disse que, primeiramente, quando o muçulmano acorda de manhã, antes de sair da cama, antes de escovar os dentes, deve dizer que não

existe outro deus a não ser Alá, e que Maomé é o profeta. Dito isso, ele pode ir cuidar da vida. Quer dizer, se você tem mais de dez anos de idade, a coisa não acaba aí. Durante o dia, todo santo dia, você terá de rezar cinco vezes. Terá de andar com uma bússola no bolso e saber calcular a direção de uma cidade chamada Meca. Então você deve se encolher no chão, feito uma sementinha de feijão, virar a cabeça na direção de Meca e rezar. Cinco vezes por dia. Num certo mês do ano, você fica de jejum o mês inteiro. O quarto pilar é dar esmola aos pobres e o quinto é, pelo menos uma vez na vida, viajar para Meca, a cidade da bússola. Chegando a Meca, você deve procurar um enorme cubo negro. Basta perguntar, porque todo mundo sabe onde fica. Marcelo Galvão mostrou uma foto de Meca, com o cubo negro cercado de milhares de pessoas. Mais ou menos como carnaval em Salvador.

— Dentro desse cubo existe um meteorito! Então você dá algumas voltas ali, sempre rezando pra Alá — disse André Martins.

Neste ponto Hannah interrompeu a apresentação e disse que tinha uma colocação que gostaria de fazer. Falou assim mesmo: "colocação". Colocou que quando Maomé recebeu os mandamentos de Alá, foi de um anjo. Perguntou se alguém na classe podia adivinhar qual era o anjo. Eu não me atreveria a chutar nomes de personagens de uma religião que tem um meteorito no meio. Pensei no Super-Homem, que voa, mas não é anjo.

— Foi o anjo Gabriel — disse Hannah, depois de momentos de suspense.

— O nosso anjo Gabriel? — perguntou Aline Gonçalves.

— Só existe um anjo Gabriel — respondeu Hannah.

A resposta foi bem sacada, porque dizia, de forma muito sutil, que anjo Gabriel não pertencia ao grupo da Aline Gonçalves e que sua pergunta era descabida, pois não existe anjo Gabriel Pai, anjo Gabriel Filho ou anjo Gabriel Neto. O que Aline Gonçalves deveria ter perguntado era por que anjo Gabriel apareceu para a Virgem Maria anunciando o nascimento de Jesus e quinhentos anos depois foi aparecer para Maomé dizendo que Alá era o único Deus. Por mais que eu tentasse procurar um bom motivo para isso, não encontrava nenhum.

Marcelo Galvão prosseguiu dizendo que a palavra "islã" significa submissão, termo que para ele, André Martins e Nelsinho não devia fazer sentido. Mas, para provar que eles compreendiam o que era submissão, embora eles mesmos não se submetessem a coisa alguma, Marcelo Galvão disse que tudo na vida de um muçulmano é guiado pela vontade de Alá. Assim, nos países islâmicos, eles têm um único comando porque juntam política com religião. Isso até que faz sentido. Se eu me tornasse muçulmana e tivesse de parar o que estivesse fazendo cinco vezes por dia para me virar para Meca, estender um tapetinho no chão, me ajoelhar e rezar, seria bom que irmã Lourdes, os professores e todo mundo estivesse submetido à mesma regra. Assim um não culparia o outro por estar tomando tempo e atrasando tudo por causa da reza. Seria uma ordem do governo e de Deus, e ninguém poderia reclamar.

Enquanto Marcelo Galvão explicava tudo isso, percebi que alguma parte de Cíntia se mexia debaixo do lençol. Hannah também reparou no movimento. A classe toda reparou e, quando finalmente André Martins reparou, ele beliscou o que devia ser o ombro da Cíntia.

— Por fim, gostaria de falar um pouco sobre nossos costumes — disse Marcelo Galvão.

Como um palestrante, ele caminhou com as mãos nos bolsos até perto da Cíntia e olhou para o volume do seu corpo coberto pelo lençol, como se ela fosse uma peça de museu. Tossiu e continuou:

— Nas sociedades islâmicas existe uma diferença fundamental entre homens e mulheres.

Hannah, que até então estava sentada à mesa do professor, levantou-se e caminhou até a janela.

— Marcelo Galvão, muito cuidado com o que você vai dizer.

Marcelo Galvão encarou seus colegas. André Martins deu sinal para ele seguir em frente.

— Uma mulher não pode exibir o rosto em público, porque...

— Alto lá! Pode ir parando. Quero que você me mostre onde está escrito isso no Alcorão — Hannah interrompeu.

André Martins abriu o Alcorão numa página qualquer e começou a folhear. Era o equivalente à Bíblia dos cristãos. Ele virava páginas como louco.

— Um minuto, por favor — disse.

— Posso esperar o tempo que for — respondeu Hannah.

Esperamos. Enquanto André Martins virava páginas do Alcorão, Marcelo Galvão e Nelsinho consultavam anotações num caderno. Outra parte do corpo de Cíntia começou a se contorcer. Dessa vez parecia ser o pé.

— E então? — Hannah perguntou.

— Estamos quase encontrando — Marcelo Galvão respondeu.

Era evidente que eles não tinham a menor ideia de onde estava o trecho que dizia que a mulher, no caso Cíntia, não podia mostrar o rosto em público. Cíntia começou a espirrar por debaixo do lençol. Agora ela se contorcia inteira. Estava no meio de um ataque de espirros.

— Vocês não vão encontrar nunca, porque não tem uma única palavra sobre isso no Alcorão.

Hannah puxou o lençol e Cíntia, segurando um espirro, apareceu com o cabelo completamente bagunçado. Todos olharam para a minha ami-

ga como se ela tivesse acabado de aterrissar em sala de aula. Sua franja estava em pé.

— A burca foi uma imposição política, uma invenção ridícula de alguns fanáticos malucos. Não tem nada a ver com o islã — disse Hannah.

A voz da Hannah havia mudado e uma veia azul apareceu no seu pescoço. Ela amassou o lençol como se fosse um guardanapo usado e esmagou-o contra o peito do Marcelo Galvão. Voltou-se para a mesa do professor e se sentou. Passou as mãos pelo cabelo, suspirou fundo e disse:

— Continue o que você ia dizer. Agora eu quero saber. Cíntia, por favor, volte pro seu lugar.

Antes de se levantar Cíntia olhou para Nelsinho. Ele não fez sinal nem que sim nem que não.

— Cíntia! — insistiu Hannah.

Então Cíntia voltou para a sua carteira.

— Bem, eu ia dizer que a mulher muçulmana... Ela é... Como posso dizer? Ela tem algumas características...

Nelsinho interrompeu a tentativa de explicação do Marcelo Galvão:

— A mulher é uma fonte de desejo e tentação — disse.

Hannah recolheu o material dos muçulmanos e mandou que voltassem para suas carteiras. No seu pescoço a veia azul ainda pulsava. Então Hannah disse que era preciso deixar uma coisa bem clara. Tomou um giz do beiral da lousa e dividiu-a em duas. Do lado direito escreveu a palavra "filosofia", do outro "manipulação". Virou-se para nós e cruzou os braços. Virou-se novamente para a lousa e abaixo de "filosofia" escreveu "verdade". Abaixo de "manipulação" escreveu "mentira". Devolveu o giz para o beiral e disse que no ensino de religiões é necessário separar, muito bem separado, a natureza pura de uma religião e sua aplicação. Essas palavras também foram escritas na lousa. O risco que dividia os dois lados foi reforçado. André Martins abriu um caderno e copiou as palavras. Hannah disse que não precisava copiar nada, apenas prestar atenção. Disse que as religiões, todas elas, são baseadas em sentimentos amorosos, de origem divina, que a religião é um caminho para se chegar a Deus. E que, portanto, todas, sem exceção, estão baseadas no princípio do amor. Tudo que estava na lousa foi apagado e substituído pela palavra "amor". Um enorme coração abraçou a palavra. André Martins fechou o caderno. No entanto, quando os homens se apoderam dos ensinamentos divinos e tentam organizá-los, eles acabam sendo distorcidos e adulterados, mais ou menos como num sonho. Muitas vezes eu tenho sonhos purinhos, exatamente como Hannah havia descrito. Por serem tão perfeitos, eu me sinto feliz ao acordar. Tão feliz que corro até a cozinha para contá-los à minha mãe. Assim que abro a boca e começo a descrever, percebo que as palavras não conseguem explicar aquilo que realmente aconteceu. Por mais que eu tente explicar melhor, sei que o que estou contando não é o que aconteceu de fato. O que aconteceu de verdade, no sonho puro, vai ficando sem graça na cozinha. Quando termino a explicação, não estou mais tão feliz; parece que estraguei alguma coisa. Nessa hora minha mãe sugere que eu vá lavar o rosto. Ao me olhar no espelho percebo que aquele sonho era uma coisa de outra vida, não desta. É ali que deve ficar. É de uma vida que acontece com outros sentidos, onde não existe olfato, audição, visão, paladar, tudo definido e cada um com uma função certinha. No mundo dos sonhos usamos um sentido que nunca vem para este lado. Volto para a cozinha e minha mãe conta o que ela sonhou, como se fosse o roteiro de cinema. Talvez, quando eu crescer, consiga mostrar o sentido secreto.

— Levanta, Ágata!

Eu me levantei. Era Cíntia quem me chamava. Sua franja já tinha baixado e ela estava segurando nossos deuses. Tomamos a frente da lousa e demos as costas para a classe. Fizemos tudo conforme ensaiado, mesmo sem a orientação da nossa guru. Tiramos os sapatos e nos enrolamos em panos coloridos. Vestimos pulseiras e marcamos a testa uma da outra com canetinha vermelha. Colocamos a argola de pressão no nariz. Quando encaramos a classe, ouvimos os murmúrios de admiração. Ninguém disse nada, mas sabíamos que estávamos lindas. Hannah disse:

— Que lindas!

A classe riu. Ignorei o riso e dei início à minha fala. Fizemos a apresentação sem dificuldade. Hannah interrompeu algumas vezes, mas seus comentários eram para dar exemplos das coisas que estávamos dizendo. Ela entendia bastante da nossa religião. Mais do que nós, que ficamos estudando o assunto durante três semanas. No final, Cíntia assumiu a parte da Alexandra e falou sobre nossos deuses. Falou tão bem quanto Alexandra teria falado e, por ser mais tagarela, contou de um jeito mais simpático. A classe toda prestou atenção. No final, recebemos muitos aplausos. Retornamos para nossas carteiras com os apetrechos hindus. Ao passar por Nelsinho, Cíntia sacudiu bem a perna, para fazer tocar os sininhos de sua tornozeleira.

O festival ecumênico continuou com a apresentação dos budistas, judeus, umbandistas, espíritas, cristãos e, por fim, os esotéricos, representados por Aline Gonçalves e suas amigas. De todos os grupos, foram as que trouxeram a maior quantidade de objetos: velas, anjinhos, cristais curativos, pedras coloridas, uma pirâmide, incenso, essências líquidas, três gnomos, uma fadinha, dois sapinhos da sorte, um trevo de quatro folhas, um pêndulo, sais de banho, uma flauta de bambu, um móbile, um filtro de sonhos, uma mandala, uma capa magnética para garrafa d'água e um purificador de energia. Eu esperava que em algum momento a veia azul saltasse no pescoço da professora, que ela caminhasse até Aline Gonçalves e desse um basta. No entanto, nada disso aconteceu. Aparentemente, era assim mesmo. Pelo menos Aline Gonçalves teve o bom senso de não dizer que seu sapinho da sorte era uma espécie de deus. Disse que ele era uma entidade poderosa e nem por isso perdeu pontos. Nessa hora Marcelo Galvão gargalhou e a veia azul voltou a pulsar. Hannah tomou a frente da classe e discursou sobre o respeito pelas diferenças. Eu sabia que ia chegar a esse ponto. A professora falou que é preciso respeitar tudo o que seja diferente, mesmo que nos pareça estranho e incompreensível. Não era a primeira vez que ouvíamos o discurso do respeito e não seria a última. Antes, esse mesmo discurso foi aplicado em prol dos idosos, alunos do pré, professoras substitutas e as faxineiras da escola. Resumindo, nessa vida é preciso respeitar tudo. Até sapinhos da sorte.

— Ficou faltando uma religião — disse Hannah. — Alguém pode me dizer qual?

André Martins levantou o braço:

— Os evangélicos!

A mãe dele era evangélica. Se ele era ou não, eu não sabia dizer. O motivo pelo qual a religião protestante ficou de lado foi que, na divisão dos grupos, ninguém pegou a Bíblia que estava em cima da mesa. Então Hannah disse que ela mesma trataria do assunto. Ao contrário de nós, não trouxe cartolinas, objetos e ilustrações. Apresentou a religião como professora mesmo, confiando apenas na sua sabedoria. Disse que tudo começou na Alemanha, um pouco depois da descoberta do Brasil, no ano de 1517. Nessa época, vivia um monge alemão chamado Martinho Lutero. Ele andava descontente com a Igreja católica. Não que ele não gostasse da sua religião. Era um excelente monge, cheio de fé e muito dedicado. Fazia sacrifícios, penitências, tudo que os bons monges fazem. Mas mesmo assim achava que as coisas não iam bem. Várias coisas da Igreja o irritavam. Mais que tudo, a moda de vender cartas de indulgências. Carta de indulgência era um papel que o bispo escrevia, dizendo que você estava perdoado dos seus pecados e teria um lugar garantido no céu. Era um tipo de recibo. Depois que você morresse, bastava apresentar aquela carta para São Pedro e você estava admitido. Essas cartinhas custavam um bom dinheiro, e com esse dinheiro o papa Leão X, que era o papa nessa época, podia se divertir construindo lindas igrejas cobertas de ouro. Era um bom negócio para todos. Dava para comprar perdão até para quem já estava morto. Por exemplo: se você tivesse um avô ateu que morreu sem acreditar em Deus, era possível comprar uma carta para ele e daí ele seria perdoado. Caso ele tivesse sido mandado para o inferno, seria automaticamente transferido para o céu. Você também podia comprar perdão por pecados futuros. Por exemplo, se você estivesse planejando um assalto a um castelo, podia garantir o perdão antes de fazer o assalto. Porque, quando se faz um assalto, sempre há perigo de perseguição, que às vezes acaba em morte. Mas se você já faz o assalto perdoado, caso morra depois, pelo menos já está com a situação resolvida perante Deus. Martinho Lutero não gostava desse tipo de coisa. Ele achava injusto, pois só os ricos podiam comprar cartas de indulgência e ele acreditava que o amor de Deus, inclusive seu perdão, era para todos, de graça. Assim, ele abriu sua própria igreja, chamada de Igreja protestante. Nesse ponto André Martins disse que os cultos evangélicos eram muito mais emocionantes que as missas da nossa escola. Perguntou se podia dar um exemplo. Hannah concordou. Então, com os braços estirados para cima, André Martins pulou da carteira e berrou:

— AAAAAAHHHHHH-LELUIA! AAAAAAAAAHH-HHH-LELUIA, IRMÃOS! JESUS SALVADOR! AMÉM, JESUS! AAAAAAHHHHHH-LELUIA! AMÉM!

Aline Gonçalves levou um susto tão grande que seu estojo caiu no chão e suas canetinhas rolaram por todo o corredor. André Martins sentou-se novamente e ajeitou sua cadeira, que havia tombado. Hannah agradeceu a demonstração como se nada de mais tivesse acontecido, como se ele não tivesse acabado de gritar feito um desvairado.

— André, é importante explicar que o culto evangélico é muito mais que gritar aleluias. Há também a leitura do evangelho e o sermão do pastor.

André Martins voltou a se levantar, dessa vez com um braço apontado para o céu:

— A palavra do senhor! A palavra da verdade!

Ele caminhou até a frente da lousa e pegou a Bíblia que estava em cima da mesa da Hannah. Posicionou-se bem no centro da sala, a mesma posição que irmã Lourdes escolhe para seus sermões.

— Bom dia, irmãos! É uma alegria estarmos reunidos aqui na morada do Senhor. Aleluia, amém.

— Bom dia! — respondemos.

— Primeiramente, quero agradecer a professora Hannah por ter aberto esse espaço para a divina palavra de Jesus, amém. Irmãos, hoje eu gostaria de falar sobre onde encontrar Deus. Alguém aqui poderia me dizer onde Deus está, neste minuto?

Ninguém se manifestou. Eu sabia que Deus estava em todos os lugares. Isso todo mundo sabe. Daí a onipresença dele. Era o que irmã Lourdes vivia dizendo. Ele estava ao mesmo tempo na nossa sala de aula e no laboratório de ciências. Isso era tão certo que nem se discutia mais. É uma questão de fé.

— Ninguém sabe? — André Martins insistiu.

— Ele está em todos os lugares — respondeu Aline Gonçalves.

— Não, irmã. Não é assim. Deus não anda por aí, em qualquer lugar. Ele está DENTRO de nós. Ele está DENTRO DO NOSSO CORAÇÃO.

O tom de voz de André Martins aumentou. Ele agarrou a Bíblia com toda a força. Como se alguém estivesse prestes a arrancá-la de suas mãos e sair correndo.

— Deus não está na Bíblia! Deus não está na igreja vazia. Deus não está no ar. Ele não voa por aí feito poeira, por toda parte. Ele está DENTRO, DENTRO DE VOCÊ E DE MIM. Jesus, AMÉM!

André Martins bateu no peito e apontou para cada um na classe.

— Ele está nos nossos corações! Está no coração de quem permite que ele entre. Não em qualquer coração, mas no coração aberto a Jesus. Não no coração do assassino, no coração do delegado corrupto, no coração do pecador. Jesus não entra num coração impuro, nãããããããooooooo... Não entra! Amém que não entra. Aleluia, Jesus, senhor. Por isso, irmãos, eu digo: ABRAM SEU CORAÇÃO!

Na verdade ele não disse, ele gritou. E tornou a gritar, agora sacudindo a Bíblia.

— VAMOS ABRIR NOSSOS CORAÇÕES PARA O AMOR DE JESUS CRISTO!

A prece de André Martins foi atendida. Irmã Lourdes abriu a porta da sala.

— O que é isso? — perguntou.

— A PALAVRA DE JESUS! — gritou André Martins, ainda de Bíblia na mão.

Hannah tomou a palavra de Jesus da mão do André Martins e pediu para ele voltar ao seu lugar. Irmã Lourdes imediatamente tomou o lugar deixado por ele.

— Um discurso evangélico? — perguntou.

— Exatamente — respondeu Hannah. — André estava fazendo uma demonstração para a classe, bastante fervorosa por sinal.

— Do corredor eu ouvi o fervor — disse irmã Lourdes. — E que dizia nosso pastor no dia de hoje?

Aline Gonçalves levantou o braço.

— Ele mandou abrirmos nossos corações.

— Para que Jesus Cristo entre... — especulou irmã Lourdes.

— Sim, senhora — respondeu Aline Gonçalves.

— E precisava ser aos berros? — irmã Lourdes perguntou, agora para André Martins.

Quem respondeu foi Hannah.

— Sim, irmã. Precisava. Era uma demonstração.

— Acabou?

André Martins pôs-se em pé, os braços para baixo, sem fervor.

— Acabei.

Voltou a ser o André Martins sem fervor. A diretora o encarou com um olhar firme, como que investigando se ainda restava algum berro engasgado. Quando se deu por satisfeita, voltou-se para Hannah. Na lousa, viu a palavra amor, dentro do coração.

— Isso era parte do discurso?

— Não, isso era para exemplificar o conceito intrínseco e universal que permeia todas as religiões. Hoje tivemos apresentações do hinduísmo, islamismo, budismo, esoterismo... Que mais classe?

— Judaísmo, candomblé e catolicismo! — completou Aline Gonçalves.

— Tudo isso num mesmo dia? Será que não vai dar um nó na cabeça deles, professora?

Hannah respondeu que não. Estava tudo na mais perfeita ordem e sua intenção era justamente mostrar o princípio fundamental comum a todas as crenças, o princípio do amor. Lembrei-me do que irmã Cristininha tinha dito no ano anterior: que de tudo, tudo que Jesus Cristo falou em vida, em todas aquelas parábolas, em todos os seus sermões, havia uma frase que tínhamos de gravar em nossos corações. Devíamos amar o próximo como a nós mesmos. Isso eu tinha entendido. Agora eu percebia que essa mesma mensagem era transmitida de outras maneiras. Algumas permitiam a criação de imagens de Deus, outras, não. Umas permitiam conversar com espíritos, outras só permitiam contato direto com Deus. Umas cultuavam vários deuses, outras insistiam que Deus era único. Em algumas se reza baixinho, em outras se reza cantando. Em algumas existe pecado, em outras, não. Tudo isso para que as pessoas vivam em harmonia, para que não fiquem se matando, para que, no meio de um jogo de queimada, não evoquem todos esses deuses e peçam ajuda para que sua melhor amiga consiga massacrar a jogadora do outro time.

O CASULO AZUL

Terminada a apresentação dos grupos, as divisões de credo foram suspensas e todos correram para o intervalo. Agora a única divisão era de gênero. Meninos, fossem muçulmanos, judeus, budistas, evangélicos, cristãos, hindus ou umbandistas, corriam atrás da bola de futebol, enquanto as meninas se agrupavam em unidades menores para conversas particulares. A exceção éramos Mirela, Cíntia e eu. Mirela não esperou por mim, como não teria esperado se estivesse na companhia da Alexandra. Partiu para o canto da quadra e ali se instalou. Cíntia sumiu. Não a encontrei em lugar algum. Sozinha, fui levada por inércia e acabei também no canto da quadra, cara a cara com Mirela, que não olhava para mim.

— Você está de mal de mim?

Mirela revirou os olhos e bufou.

— Fala sério...

— Eu estou falando sério.

— Ficar de mal?! Deus do céu... Como se nós ainda tivéssemos idade pra isso.

Tá, tudo bem... Eu devia ter perguntado se ela estava "chateada comigo". Frescura. Ela tinha entendido perfeitamente bem o que eu quis dizer. Eu queria saber se ela estava me tratando daquele jeito por causa da Alexandra. Mirela mascava chiclete e estourava bolas gigantes, que cobriam seu rosto. Era seu jeito de não olhar para mim. Se eu não rompesse o silêncio, passaríamos o intervalo todo assim. Ela fazendo bolas e eu me sentindo como uma assassina.

— Estou me sentindo culpada com o que aconteceu.

— Por quê? Se tem alguém que devia se sentir culpada é a Cíntia. Foi ela quem matou Alexandra.

A metáfora estava indo longe demais. Era melhorar parar.

— Foi ela quem queimou Alexandra.

— Você entendeu o que eu quis dizer.

Uma nova bola gigante cobriu o rosto da Mirela, o que foi bom, pois eu engoli o que estava prestes a dizer. Estava prestes a confessar que na verdade tinha sido eu quem provocara aquilo. O que era pior: com a ajuda dele. Agora eu lhe devia um charuto cubano. Não, eu não diria nada disso. Não quando tudo o que importava para Mirela era o tamanho das suas bolas de chiclete e o seu desprezo. Enquanto eu agonizava na sua frente, sentindo o peso de um assassinato metafórico, de canto de olho ela acompanhava os meninos jogando bola. Ela não merecia minha confissão.

— Posso me sentar aqui? — Cíntia perguntou, com uma sacola na mão.

Claro que ela podia se sentar ali! O lugar era dela por direito. Nem sei por que ela perguntou.

— Claro que sim — respondi, ao mesmo tempo que Mirela perguntou:

— O que tem dentro dessa sacola?

Cíntia sentou-se em seu lugar, abriu a sacola, estendeu o lençol que Nelsinho tinha trazido para a demonstração sobre o islã e vestiu a burca.

— Você está louca?! — Mirela perguntou com um olhar de pavor. — Tira já esse negócio! Todo mundo está olhando pra cá.

Cíntia deu de ombros. Um gesto tão inconfundível que nem a burca atrapalhou. Mirela puxou a ponta do lençol, mas Cíntia o segurou. Mirela puxou mais forte e Cíntia gritou:

— ME LARGA!

Depois do grito, os poucos alunos que ainda não olhavam para o lençol azul passaram a olhar. Mirela largou o lençol.

— Você é RIDÍCULA!

Com isso ela se foi, vermelha de vergonha. Confesso que eu também fiquei constrangida, sentada ao lado de uma tenda. No entanto, havia uma amiga ali dentro. Talvez minha única amiga verdadeira. Se eu tinha alguma intenção de ser uma pessoa fraterna, esse era o momento. Ajudei Cíntia a encontrar o compartimento para os olhos. Assim, pelo menos ela podia respirar melhor e enxergar o que eu enxergava. O que eu enxergava, por mais que não quisesse, era um jogo de futebol interrompido. No pátio, todo mundo estático. Olhavam para nós.

Cíntia se levantou, ergueu os braços feito um fantasma e gritou:
— Que foi? Nunca viram?

Feito isso, voltou sua atenção para mim.
— Gentinha mais careta...

Os meninos reiniciaram o jogo e os demais alunos voltaram aos seus afazeres, embora de tanto em tanto virassem o pescoço em nossa direção.
— Cíntia, posso te fazer uma pergunta?

89

— Claro.

— Por que você está usando burca?

— Sabia que você ia perguntar.

— Se não quiser responder, não precisa.

— Eu respondo, não tem problema.

Graças a Deus ela topou responder, pois eu estava me sentindo uma tonta, conversando com a tenda.

— Ágata...

— Sim...

— Eu não sei se isso vai fazer sentido...

Provavelmente não faria sentido algum. Mesmo assim, eu queria saber. Cíntia prosseguiu, e o que ela disse foi uma das coisas mais sensatas que ouvi desde que iniciei essa estranha vida de sexto ano. Disse que, desde o dia em que sua lancheira explodiu e voou pelos ares, ela andava com um desejo secreto de desaparecer. O desejo vinha aumentando com o passar das semanas, por conta de pequenas coisas: o apelido de Ovomaltine, as esfihas que estava proibida de comer, os meninos quase homens que andavam por todo lado, os mantras que teve de cantar em frente à classe inteira, por ter me exorcizado com Vick VapoRub e Listerine no banheiro, por não ter pedido desculpas depois, por ter queimado Alexandra e ter ficado feliz com isso, por saber que nunca mais voltaríamos para o quinto ano, e porque, daqui em diante, parecia que a coisa só ia piorar cada vez mais.

— Daí, quando Nelsinho me cobriu com este lençol, foi como se tudo tivesse desaparecido e eu pudesse continuar aqui, mas sem estar aqui. É como se eu fosse invisível...

— Pra uma pessoa invisível você chama bastante atenção — foi tudo que consegui dizer.

Cíntia achou graça no meu comentário. Pela primeira vez em muito tempo ela se desdobrou de rir. Dessa vez não estava acompanhando as gargalhadas de ninguém. Ela ria sem se importar com o resto do mundo. A tenda se sacudiu inteira e eu bem que desejei um casulo igual para mim.

CAMADAS INTERNAS

No dia seguinte, Mirela não trouxe a mochila da Alexandra pendurada na barriga. Apenas a sua, nas costas. Pendurou-a na cadeira e se virou para mim.

— Cadê a louca?
— Você está se referindo à Cíntia?
— Quem mais?...

Eu não sabia da Cíntia. A primeira aula estava prestes a começar e ela ainda não tinha chegado. Dei de ombros. Mirela não parecia ansiosa por encontrar Cíntia. Queria descobrir o paradeiro da nossa amiga por uma questão de segurança. Como se Cíntia fosse aparecer do nada e nos matar de vergonha. Por mais que me custe admitir, eu entendia a preocupação.

— Cadê a sua amiga?
— Você está se referindo à Alexandra?
— Quem mais?...

Parecíamos duas inimigas conversando. O clima entre nós era horroroso. As carteiras vazias da fileira ao lado contribuíam para aumentar a tensão. Se não fosse por esse espaço vazio, não estaríamos falando assim uma com a outra, com ironia e ódio. A ausência das nossas amigas era estridente, como uma sirene de ambulância. Ficava a cargo da nossa imaginação decidir o que estaria por trás desse vazio. Eu pensava em cadáveres.

— Ainda não tive notícias da Alexandra — Mirela respondeu.
— Você mandou mensagem? Ligou pra ela?

— Mandei várias mensagens. Mandei e-mail. Postei no mural dela, nada. Até liguei pra casa dela. Ninguém atendeu. Deixei recado.

— Quantos?

— Sete.

Não podia ser o que eu estava pensando. Ele não teria ido tão longe. Vendo Cíntia entrar em sala de aula, reconsiderei: ela continuava dentro da burca.

— Isso é MUITO ridículo — Mirela bufou.

Nesse dia Cíntia não parecia tanto com uma tenda. Agora estava mais para uma montanha ambulante, por causa da mochila nas costas. A classe toda se calou para vê-la passar. Os meninos tentaram puxar o lençol, mas em vão. Cíntia o segurava bem firme. Lá debaixo xingava seus molestadores. Quando alcançou sua carteira, deixou a mochila cair no chão, como um pacote expelido por um caminhão. Depois se agachou, tirou o material escolar e pendurou a mochila nas costas da cadeira. Tudo isso com grande dificuldade, com partes do lençol sendo jogadas de um lado para o outro.

— Oi, Ágata.

— Oi, Cíntia — respondi.

— Oi, Mirela.

Mirela não respondeu. Estava virada para a frente, escrevendo qualquer coisa no caderno. Ela não viraria para trás por nada no mundo. Cada gesto da Cíntia era acompanhado pela classe inteira. Ela era como um ovo de páscoa, escandaloso e chamativo, não pela embalagem espalhafatosa, mas por aquilo que esconde dentro. A vontade de todos ali, inclusive eu, era de puxar o lençol. Queria acabar com o suspense e descobrir logo a surpresa. Algo estava acontecendo com Cíntia debaixo daquela burca. Eu me sentia no direito de ver a cara dessa nova Cíntia.

— Já estou sabendo de tudo — disse Aline Gonçalves.

Ela estava parada ao meu lado, embora eu nem tivesse percebido quando se aproximou. Com a ponta dos dedos, Aline

Gonçalves girou minha lapiseira. Arranquei-a da mão dela. Ela cruzou os braços e disse:

— Meu pai me contou. Distúrbio Temporário de Função Cerebral. É um assunto delicado e nós devemos ter paciência com Alexandra. Tem cura, ainda bem.

— Claro que tem cura — Mirela retrucou.

— Às vezes é demorado e ela pode ter recaídas — Aline Gonçalves insistiu.

— Ela não terá recaídas.

Aline Gonçalves disse que éramos umas ingratas e partiu. Juntou-se à sua turma e virou a cadeira de costas para nós. As palavras ecoaram na minha cabeça. Distúrbio Temporário de Função Cerebral. Eu não tinha a menor ideia do que isso significava, mas a coisa não me soou nada bem. Nem mesmo a burca conseguiu vedar o pânico que a notícia causou em Cíntia. A completa ausência de movimento debaixo do lençol indicava que ela ainda processava as palavras, como eu, tentando entender o que seria um Distúrbio Temporário de Função Cerebral.

Cerisa entrou na sala e levou um susto. Parou à mesa do professor, encarou a aluna ao meu lado, foi até o mapa da classe e deslizou o dedo por uma coluna. Virou-se para Cíntia e disse:

— Cíntia?

— Sim...

— O que significa isso?

— Isso o quê?

— O lençol que você está usando.

— É uma burca.

— Isso eu percebi, mas por quê?

Cerisa caminhou em direção à Cíntia. Achei que fosse puxar o lençol, mas suas mãos estavam bem enfiadas dentro dos bolsos do avental hospitalar, brincando com tocos de giz.

— Eu me sinto bem assim — Cíntia respondeu.

Durante alguns segundos, Cerisa apenas manipulou gizes no bolso, em silêncio. Um giz azul foi escolhido. Cerisa voltou à lousa e desenhou o planeta Terra, dividido por placas tectônicas. As placas tectônicas são divisões geográficas exclusivas para alunos do sexto ano. Os políticos do mundo enxergam o planeta por suas divisões continentais e nacionais. Também os alunos até o quinto ano e os alunos do sétimo em diante, incluindo universitários, mestres e doutores. As donas de casa de todas as nações também enxergam o mundo por divisões geopolíticas, assim como dentistas e guardas de trânsito. Mas para nós, alunos do sexto ano, essa divisão convencional não interessa. Nós enxergamos além e vamos fundo, até as placas tectônicas. O planeta Terra que estudamos é outro. Falamos em placa de Nazca, placa do Pacífico, placa Eurasiana, placa Norte-Americana, placa de Cocos. Existe uma semelhança com o planeta Terra das pessoas pré e pós-sexto ano. No entanto, essa semelhança é grosseira e não traz nenhum conforto. O melhor é aceitar que durante este ano de nossas vidas, sempre que olharmos para o planeta, olharemos além dos continentes que boiam no mar. Para nós, o que importa é o que está lá embaixo.

Cerisa passou a falar algo sobre terremotos. Tentou explicá-los não como catástrofes que matam milhares de pessoas, destroem hospitais, escolas, prédios, carros e viram uma cidade de ponta-cabeça, mas como uma movimentação da crosta terrestre.

— É um inferno — disse o demônio.

Ele jogava pôquer com Arnaldo. Estavam sentados a uma mesa redonda coberta com uma toalha de veludo verde. Apostavam fichas. Cada um tinha uma pequena torre delas. A do demônio era mais alta.

— Terremotos... — continuou o demônio — um verdadeiro inferno. A pior parte são os abalos sísmicos.

Demônio e Arnaldo seguraram suas respectivas pilhas de fichas sem tirar os olhos das cartas. Senti o chão tremer e por pouco não me segurei numa estalagmite. Sabia, por experiência anterior, que jamais devemos tocar numa estalagmite. É um trabalho de milhares de anos, feito gota a gota. Bastaria um dedo meu para destruir tudo.

— O que foi isso?

— Um abalo sísmico — responderam Cerisa e o demônio ao mesmo tempo.

Se eu estava num terremoto no meio do inferno, fiz por merecer. Uma estalactite podia desabar sobre a minha cabeça a qualquer momento. Eu seria esmagada por uma obra-prima da natureza e, por já estar no inferno, nem haveria transporte de alma. Seria um caso sem precedente.

— Eu tenho uma pergunta.

O demônio baixou as cartas. Arnaldo fez o mesmo.

— É sobre Alexandra.

Os dois retomaram as cartas e continuaram o jogo.

— Eu não queria matá-la ou lhe fazer mal.

— Sei... — disse o demônio.

— É verdade. Não sei por que fiz aquilo. Será que dá pra reverter a situação?

Arnaldo tirou uma caderneta preta do bolso do paletó. Pediu o nome completo da Alexandra. Isso não era bom.

— Isso terá um custo? — perguntei.

— Óbvio que sim — Arnaldo respondeu.

— Então deixa pra lá.

Arnaldo guardou a caderneta dentro do paletó. Eu não faria acordo para salvar Alexandra. Conheço o tipo de acordo que ele faz. Eu teria de pagar com a minha alma, e isso ele jamais teria! Os abalos sísmicos cessaram e uma pedrinha rolou estalactite abaixo. Caiu no meu pé.

— Cerisa já percebeu que você está longe — disse o demônio.

Cerisa terminou a aula deslizando um livro sobre o outro para imitar a movimentação da crosta terrestre. Aquilo não impressionou ninguém, apesar de estarmos no sexto ano. Nessa hora percebi o tanto de quinto que ainda havia em nós. Mais eficiente seria se ela pegasse nossas carteiras e as atirasse contra as paredes, derrubasse a lousa, quebrasse os vidros das janelas e virasse a mesa do professor de ponta-cabeça. Então, sim, compreenderíamos os efeitos da movimentação da crosta terrestre.

Faltando alguns minutos para o final da aula, irmã Lourdes entrou na sala e pediu um minuto de atenção.

— O que significa isso? — perguntou, ao deparar com Cíntia.

Cíntia não respondeu, mas eu sabia a careta que ela fazia lá embaixo.

— Quem é você? — irmã Lourdes perguntou.

— Cíntia de Oliveira Brandão.

— A senhorita faça o favor de ir pra minha sala e me esperar lá.

Cíntia embolou o lençol na altura dos joelhos, afastou-se da carteira e soltou novamente o tecido. Nem mesmo o olhar de desprezo da irmã Lourdes, com óculos pendentes na ponta do nariz, fez com que ela tropeçasse na burca. Cíntia se foi com elegância. Isso só desconcertou ainda mais a freira indignada. Irmã Lourdes vestia saia de lã e camisa branca, sapatos com sola de borracha e tinha cabelinho curto. Ela deve ter se lembrado de tempos remotos, quando noviças usavam véu e crucifixo: tudo abotoado até o pescoço. As mangas esvoaçantes como batas de mago medieval. Agora elas usam até calça jeans e cabelinho curto. Agora vão para Bogotá fazer política. Irmã Lourdes voltou a nos encarar, sem nada dizer. Devia estar com saudades do seu próprio tempo de claustro. Vendo Cíntia tão resguardada, enclausurada por vontade própria, deve ter se dado conta de que com sua saia de lã, camisa branca e cabelinho curto era uma cidadã como outra qualquer. Usava solas de borracha e falava com uma classe de sexto ano. Irmã Lourdes limpou os óculos num pedaço de flanela que trazia no bolso da saia. Nem lembrava mais por que tinha entrado em nossa sala. Recolocou os óculos e nos encarou. Aliviada por constatar que entre nós não havia nenhuma outra bizarrice, disse:

— A colega de vocês está bem. Não foi nada muito grave. Ela

deve retornar em breve e eu gostaria de contar com a colaboração de todos.

Mal irmã Lourdes terminou a frase e o braço de Aline Gonçalves já estava espetado para o alto.

— Sim, Aline.

— A senhora está falando da Cíntia ou da Alexandra?

— Alexandra, obviamente. Quem é Cíntia?

— Cíntia de Oliveira Brandão, que acabou de deixar a sala e está esperando a senhora na sua sala pra vocês conversarem sobre isso que ela está fazendo.

Irmã Lourdes respondeu que ela sabia muito bem quem era Cíntia de Oliveira Brandão. Saiu sem agradecer a professora Cerisa pela interrupção da aula.

PEIXES SUICIDAS

Mirela e eu passamos o intervalo todo sentadas uma ao lado da outra sem dizer nada. Eu pensava em Cíntia debaixo da burca, dentro da salinha da irmã Lourdes. Ela seria massacrada. Mirela devia estar pensando em Distúrbios Temporários de Função Cerebral. No fundo, eu estava louca para perguntar por Alexandra, mas temia receber uma resposta atravessada. Em respeito às nossas colegas, não lanchamos. Quando o sinal soou, voltamos para a classe, onde encontramos Cíntia, sem a burca.

— Cadê a burca? — Mirela perguntou.

— Não quero falar sobre isso.

Cíntia estava com uma cara péssima. Ela desenhava uma cachoeira que desembocava num precipício. A queda-d'água começava no topo do papel e caía quase até o fim. Alguns peixinhos despencavam junto com a queda-d'água. Quando alcançavam o fim, caíam para fora da poça. Espatifavam-se contra as pedras. Cíntia guardou o desenho e nos encarou:

— Vocês acham que agora ela vai ter que estudar numa escola especial?

Seus olhos estavam a ponto de transbordar.

— Claro que não! — Mirela respondeu.

— Mas e se ela ficar retardada? — Cíntia insistiu.

— Ninguém vai ficar retardada. É só um Distúrbio Temporário de Função Cerebral. É diferente — acrescentei.

98

— Acho que a gente devia levar flores e chocolate pra ela — Cíntia disse.

A camada de aguinha estava prestes a estourar. Uma lágrima rolaria, seguida de outra e mais outra. Era um pedido. Cíntia queria que nós três fôssemos visitar Alexandra.

— Por mim tudo bem — eu disse.

Eu levaria flores e chocolate. Não por Alexandra, mas por Cíntia. Porque mesmo que o chocolate fosse para a Alexandra, Cíntia é quem ia se sentir melhor. Como melhor amiga, eu iria. Mirela também topou ir. No caso dela, ia por Alexandra.

— Além do mais — disse Mirela —, existem vários tipos de retardados. Basta olhar à nossa volta.

Tentei amenizar o comentário da Mirela. Não queria que a cascata de lágrimas estourasse.

— Na verdade, Distúrbio Temporário de Função Cerebral não significa nada grave. Pode ser, por exemplo, que a pessoa só consiga escrever de trás para a frente. Ou que ela só saiba fazer tabuada ao contrário: em vez de multiplicar o número menor pelo número maior, vai multiplicar o número maior pelo número menor.

A aguinha secou um pouco. Mirela ajudou nas possibilidades:

— Ou então, quando a pessoa for desenhar uma figura humana, ela começa o desenho pela orelha e termina pela barriga.

Arrisquei mais uma:

— Ou quando ela for colocar comida no prato, não vai colocar o feijão em cima do arroz.

— Em que outro lugar ela colocaria o feijão? — Cíntia perguntou.

Mirela e eu tentamos pensar numa resposta para isso. A aguinha voltou. Cíntia insistiu:

— Onde ela colocaria o feijão, se não em cima do arroz?

Não encontrei uma boa resposta. Mirela sugeriu colocar o feijão ao lado do arroz, mas Cíntia percebeu que estávamos tentando minimizar o problema. Ela sabia que, caso Alexandra tivesse adquirido um Distúrbio Temporário de Função Cerebral e ficasse em dúvida de onde colocar o feijão no prato, a resposta não seria ao lado do arroz. Nenhuma das três ousou dizer, mas uma pessoa com Distúrbio Temporário de Função Cerebral provavelmente colocaria o feijão dentro do copo de suco de laranja. Lágrimas rolaram pela bochecha de Cíntia.

A INVISIBILIDADE NATURAL DAS ALUNAS DO SEXTO ANO

Aguardávamos nossas peruas escolares sentadas na calçada, com as costas apoiadas contra a muretinha, como três mendigos. Durante as férias de verão, irmã Lourdes havia mandado construir bancos de praça para que nenhum aluno ficasse sentado na calçada, com as pernas estiradas atrapalhando os pedestres. No entanto, agora não era mais possível sentar naqueles bancos autoritários. Tínhamos direito de sentar na calçada e ali ficaríamos até que a polícia viesse nos prender.

— Cíntia, tenho uma pergunta — Mirela disse.

Eu estava sentada entre as duas. Encostei a testa contra os joelhos para que pudessem se ver.

— Cadê sua burca? — Mirela perguntou, olhando para o outro lado da rua, como se falasse sobre a chuva que talvez caísse logo mais.

Ergui a cabeça.

— Irmã Lourdes jogou no lixo.

— Por quê? — perguntei.

— Porque é proibido usar burca na escola. A única exceção a isso é se você for muçulmana de verdade. Como eu não sou, não posso. Foi o que ela disse.

— Isso não está certo! — Mirela disse. — Ela não tem como julgar quem é muçulmano nato. Qualquer um pode ser muçulmano. Até nós, até os esquimós, os irlandeses, finlandeses, mexicanos. Basta se converter. Ela não tem esse direito. Você devia ter protestado.

Eu entendia Mirela. Não que ela quisesse que Cíntia continuasse de burca. O problema era outro. Ela não achava certo que irmã Lourdes despisse uma aluna de sua burca, ainda que a burca fosse algo que ela odiasse. Era uma questão de direito e, como alunas do sexto ano, tínhamos nossos direitos.

— Irmã Lourdes disse que eu só estava usando burca pra me exibir.

— Como assim? — Mirela e eu perguntamos ao mesmo tempo.

Cíntia explicou a tortuosa lógica da irmã Lourdes. Ao se esconder debaixo do lençol, Cíntia encontrou uma maneira de se esconder do mundo. Lá dentro ela não se importava com mais nada, pois se achava invisível. No entanto, para o resto da escola passou a ser a aluna que mais saltava aos olhos. Aí irmã Lourdes entrou na questão do uniforme. A função do uniforme é para que todos fiquem iguais e a escola não vire um desfile de moda. O próprio termo "uniforme", se você parar para pensar, significa "padrão", "igual". A burca, assim como o uniforme, só funciona se for usada por todas, pois daí fica impossível diferenciar uma mulher da outra. Mas uma única aluna de burca, no meio de centenas de alunas de uniforme, é tão exibicionista quanto um desfile de moda. Com isso, irmã Lourdes puxou o lençol, amassou e o jogou no lixo.

— Essa é a lógica mais ridícula que eu já ouvi em toda minha vida! — disse Mirela.

Eu estava totalmente de acordo. Uma burca, pela própria natureza de burca, não pode ser exibicionista. Não fazia o menor sentido. Cíntia não estava com jeito de quem iria atrás de outra. Ela amarrava e desamarrava o cadarço do tênis e observava o vai e vem das peruas. Agora todo mundo passava por nós sem nem olhar para baixo: meninos quase homens com motos, skates e bicicletas, garotas do colegial fumando cigarro, casais de namorados se beliscando, alunos pré-vestibulando falando sobre gabaritos. Sem a gargalhada da Alexandra, éramos apenas alunas do sexto ano, encostadas no muro no meio do tumulto da saída. Nada podia ser mais invisível que isso.

PIRATAS E SEUS PAPAGAIOS

Doroteia deu ordem para aplicarmos a propriedade de potência de potência. Para ajudar disse:

— Lembrem-se de que para simplificar uma expressão podemos transformá-la numa expressão com menos operações e que dê o mesmo resultado.

Escreveu o número 3 na lousa e grudou um 5 pequenininho acima dele. Se o 3 fosse um pirata, o 5 seria um papagaio no seu ombro. Depois desenhou dois colchetes e prendeu o 3 com o papagaio dentro. Do lado de fora dos colchetes, fez um 2 também pequeno. Esse 2 podia ser uma gaivota que voava por ali e queria puxar briga com o papagaio, mas, como ele estava preso dentro dos colchetes, ela não conseguia se aproximar. Doroteia retornou à mesa do professor e disse que tínhamos três minutos.

A classe toda se pôs a trabalhar. Eu não entendia que diabos meus colegas estavam fazendo. O que podia ser feito ali? Cutuquei Mirela, que deu de ombros. Ela também não sabia o que fazer com aqueles números. Cíntia já havia encontrado a potência da potência. Livrou o pirata e seu papagaio dos colchetes e fez um parzinho deles. O 2, que seria a gaivota, sumiu. Então Cíntia fez um sinal de igual e refez um pirata, mas agora ele tinha o papagaio e a gaivota no ombro. Aparentemente eles se entenderam, porque o pirata 3 tinha no seu ombro o papagaio 5 ligado por um pontinho à gaivota 2. Ela os multiplicou e isso deu 10. No final tínhamos o mesmo 3 do começo com um 10 no ombro e sem colchetes. Cíntia era uma pessoa criativa, quanto a isso não havia dúvida. Mas minha maior surpresa foi ver Doroteia fazer a mesma coisa na lousa! Era isso: eu devia ter apagado os colchetes e multiplicado os números pequenos, e lá estaria a potência da potência, sendo que nada aconteceu com o 3. Para qualquer pessoa normal, quando falamos em potência da potência, espera-se que o 3 vire algo como 11.429.985. Para mim, isso é potência, e não um 3 com um 10 no ombro.

Marcelo Galvão também era bom em potências. Foi por causa de operações matemáticas assim que inventaram a bomba atômica. Certo dia, um cientista se lembrou do seu sexto ano e teve uma ideia brilhante: pegou a bomba caseira que tinha no armário e resolveu elevá-la à milésima potência. Colocou em risco a vida no planeta. Em outras palavras, era isso que Doroteia estava nos ensinando naquele dia.

Estávamos copiando a próxima superpotência quando a porta se abriu e, envolta no braço de irmã Lourdes, apareceu Alexandra. Caminhou até sua carteira como se estivesse numa passarela. Fez a mochila deslizar pelos ombros, jogou os cabelos para trás e sentou-se. Cruzou as pernas. Se não estivéssemos em sala de aula e não tivéssemos 12 anos de idade, e irmã Lourdes não estivesse parada à porta, aposto que ela teria colocado um cigarro na boca e girado o pescoço na direção do Nelsinho. Ele viria correndo com um isqueiro aceso.

— Onde estamos? — perguntou.

Cíntia me chutou por baixo da carteira. Eu entendi o que ela entendeu com a pergunta da Alexandra. Entendeu o pior: que Alexandra não sabia onde estava. Se alguém respondesse "na Assembleia Legislativa", ela teria acreditado.

Doroteia respondeu:

— Capítulo três: potenciação.

Ouvi Cíntia sussurrar um "graças a Deus...".

Doroteia prosseguiu com a aula. Alexandra abriu o caderno e copiou o que estava na lousa. Então percebeu que sua lapiseira ficou sem grafite. Abriu o estojo e colocou nova grafite na lapiseira.

Voltou a copiar. Quando errou um número, usou a borracha para corrigir. Quando Doroteia sentou-se à mesa do professor e nos deu cinco minutos para resolver a operação, Alexandra se concentrou no exercício e tirou os números de seus colchetes, passou-os para um lado e para outro até alcançar o número final. Daí jogou os cabelos para trás. Virou-se para Nelsinho e sorriu. Virou-se novamente para a lousa. Talvez o Distúrbio Temporário de Função Cerebral fosse algo que só se manifestaria numa aula de Educação Artística, quando ela tivesse de pintar uma paisagem. Seus céus seriam verdes, as árvores, azuis e os rios, vermelhos.

Quando Doroteia voltou para a lousa, foi para dizer que qualquer número elevado à potência zero virava 1. Se você fosse o número 30, por exemplo, e um zero aparecesse no seu ombro, você automaticamente virava 1. Se você fosse um 1.555, ou até um 666, não importava. Se aparecesse um zero, você seria reduzido a 1. Esse zero funcionava mais ou menos como uma doença crônica, sem cura e sem explicação.

O FIO DE NÁILON

A aula seguinte foi com professor Alberto, de ciências. Partimos para o laboratório: Alexandra numa ponta da fila e Cíntia na outra. Mirela e eu servíamos de camada protetora entre as duas. No fim do corredor, anjo Gabriel. Mirela ao lado da Alexandra, eu ao lado da Cíntia. Era a única formação possível. Dessa vez não alcançaríamos o anjo. Alguns metros antes viraríamos à esquerda e desceríamos dois lances de escada. Mas ele nos observava. No lugar dele eu também estaria curiosa para saber o que ia acontecer. Ninguém falava nada, até que Cíntia acelerou e se posicionou na nossa frente. Passou a andar de costas, encarando Alexandra. Mirela me cutucou, mas eu não puxei Cíntia de volta para o alinhamento original. Deixei que ela falasse o que tivesse de falar.

— Alexandra, quero pedir desculpa pela bolada.

Mirela me beliscou. Continuei caminhando e encarando o anjo. Alexandra não respondeu.

— Juro que foi sem querer. Por favor, Alexandra. Fala alguma coisa.

A voz da Cíntia tremeu. Eu não desviei o olhar do anjo, pois, enquanto tudo isso acontecia, eu rezava. Pedi a Gabriel que iluminasse Alexandra para que tivesse o bom senso de perdoar Cíntia. Pedi para Cíntia se controlar e não cair no choro, porque isso era o que Alexandra queria. E, se Cíntia chorasse, Alexandra ia rir dela e chamá-la de Ovo. Mas, enquanto Cíntia não chorasse, Alexandra não daria seu perdão. Rezei para que Mirela dissesse alguma coisa ou, caso Mirela não interferisse, então para que eu encontrasse o que dizer e acabasse com aquela situação. Amém. Desta vez, rezei diretamente para anjo Gabriel e ninguém mais. Eu não queria me comprometer com um monte de divindades. Fiquei com a que estava na minha frente.

— Perdão, Alexandra. Não sei por que fiz aquilo...

Alexandra também encarava anjo Gabriel, mas não rezava. Ela tinha um sorrisinho estampado no rosto. Olhava através do vitral e não dizia nada. Cíntia saltitava para trás e eu temi que tropeçasse, ou que sua mãe morresse, pois é isso o que acontece quando a gente anda para trás. Cutuquei Mirela e pedi para ela fazer alguma coisa. Ela respondeu que eu fizesse. O problema é que eu não sabia o que fazer.

— Pode perguntar pra elas. Fiquei superpreocupada com você. Queria ir te visitar. E levar flores e chocolate. Fiquei muito assustada quando a Aline Gonçalves usou o termo clínico...

— É verdade isso? — Alexandra perguntou.

Mirela e eu assentimos. Dissemos que nós três estávamos preocupadas e iríamos visitá-la naquela tarde mesmo. E que tinha sido ideia da Cíntia. Também dissemos que íamos levar flores e chocolate para ela. Alexandra olhou para Cíntia e parou de andar. Mirela e eu paramos de andar. Cíntia parou de saltitar.

— Tudo bem, Cintinha. Sei que você não fez por mal.

Cintinha? E o Ovo? Alexandra retomou o passo. Agora estávamos em frente à escada. Viramos à esquerda, descemos. Pisquei para Gabriel. Perfeito! Ele não respondeu, graças a Deus.

Chegando ao laboratório de ciências, professor Alberto mandou que registrássemos o resultado da nossa experiência em grupo. Havia passado uma semana desde que fizemos uma experiência com um vaso de barro cheio de terra. Só que, em vez de plantarmos flores, que seria uma coisa boa para o mundo, professor Alberto quis que dividíssemos a terra em quatro fatias, como uma torta. Cada pessoa do grupo se responsabilizou por uma fatia. Na minha enterrei uma folha molhada e um graveto. Cíntia enterrou uma mosca morta. Mirela enterrou um pedaço de barbante e Alexandra enterrou um fio de náilon. Depois cobrimos o vaso com um prato, sendo que debaixo dele havia outro prato com água. O conjunto todo foi colocado num canto escuro e quente, no fundo do laboratório, perto do vitrô.

— Observem o que aconteceu com cada elemento, registrem no relatório e entreguem para mim, por gentileza. Ah, e, se possível, façam um registro objetivo. Apenas os fatos. Vocês têm quinze minutos.

Mirela destampou o vaso. O conteúdo tinha mudado bastante. À primeira vista, parecia ser o mesmo vaso com as quatro plaquinhas, uma em cada fatia: "Ágata", "Cíntia", "Mirela" e "Alexandra". Quando examinamos o estado dos elementos, tivemos algumas surpresas. Na minha fatia não havia mais sinal de folha ou graveto. Na fatia de Cíntia, a mesma coisa: a mosca morta tinha sumido. Mirela encontrou seu barbante em petição de miséria. No caso da Alexandra, o fio de náilon estava intacto.

— A-há! Só o meu sobreviveu!

Alexandra estava orgulhosa da façanha do seu fio de náilon. Enrolou-o no dedo, fez uma aliança. Acho que considerou aquilo um bom sinal. Pelo jeito, Cíntia entendeu o mesmo, pois as duas se abraçaram. Cíntia parabenizou Alexandra, como se o fio de náilon fosse um filho encontrado nos escombros de um terremoto.

— Sinto muito pela sua mosca — disse Alexandra.

— Não tem importância. O importante é que o fio ainda está aí.

— Objetividade, pelo amor de Deus! — gritou professor Alberto.

Cíntia e Alexandra se recompuseram e eu preenchi o relatório com expressões científicas. Usei termos como "decomposição", "orgânico" e "componentes". Professor Alberto perguntou qual era o único material que não exibia sinais de decomposição. Alexandra levantou o braço:

— O fio de náilon! — respondeu, cheia de si.

— Isso acontece porque o fio de náilon é um material sintético, produzido pelo homem. É uma invenção industrial que não existe na natureza. Quando um fio de náilon é jogado no lixo, a natureza não sabe o que fazer com aquilo. Ele apenas fica ali, não é absorvido para o ciclo da vida porque nunca pertenceu ao mundo natural.

Alexandra não se deixou abalar por nada disso. Se o seu fio de náilon era um produto industrializado e antinatural, tudo bem. Se jamais pertenceu ao ciclo da natureza, ok. Se a natureza nem consegue digeri-lo de tão artificial que é, normal... Alexandra era invencível. Ela não se deixaria abater por um Distúrbio Temporário de Função Cerebral.

LINHA DIRETA COM PITÁGORAS E OUTROS ESPÍRITOS ÚTEIS

Deixamos o laboratório de ciências e entramos na aula de religião, assim, sem mais nem menos. Deixamos aquele lugar gelado e limpo, onde tudo era provado empiricamente, registrado sem sombra de dúvida, e entramos no mundo abstrato de Hannah.

Cíntia sorria de um jeito maternal. Alexandra estava conosco há um bom tempo e ainda não tinha dado sinais de problema. Mirela, debruçada sobre a carteira da Alexandra, falava em tom de fofoca. Como melhor amiga, tinha a função de fornecer um relatório detalhado das nossas atividades durante sua ausência. De tanto em tanto, Alexandra se virava para trás e encarava Cíntia e eu. Sua última olhada foi acompanhada de um "sério"? Mirela devia estar contando o episódio da burca. No entanto, não havia repreensão. Cíntia continuava com seu sorrisinho afetivo, feliz por estarmos todas ali, reunidas.

Cíntia se debruçou sobre a minha carteira.

— Ela está ótima! Não está?

— Normal...

A verdade é que Alexandra estava tudo menos normal. Se eu mentia, é por não querer admitir que ela estava melhor que normal, que nunca esteve tão bem, e que o fato de ela ter parado de chamar Cíntia de Ovo me incomodava. Eu temia que Cíntia passasse a gostar dessa nova Alexandra, versão gente boa.

— Sei não... Aí tem coisa.

Eu só não tinha ideia do quê. Sabia que aquela Alexandra cheia de perdão não era a mesma que havíamos queimado, e que ninguém melhora sua personalidade depois de uma bolada na cabeça. Se ela não chamava Cíntia de Ovo, mesmo estando a par do episódio da burca, era por algum motivo.

— Não confio nela — eu disse. — Quero ver até quando dura isso aí.

Eu parecia uma velha rabugenta. Há casos de pessoas que, ao verem a morte de perto, entram num túnel iluminado. Conforme você avança, vê sua vida passar como num videoclipe. Se você chega até a luz é porque morreu, mas, se a sua trajetória for interrompida, é porque ainda não era sua vez. Você retorna e conta para todo mundo a história do túnel. Conforme o túnel, você pode até escrever um livro a respeito, pois tudo isso é muito emocionante. As pessoas que passam por esse túnel costumam voltar boazinhas. Prometem parar de falar mal dos outros, deixar de fumar, beber, mentir e ser egoístas. Talvez Alexandra tivesse entrado num túnel desses. Ele certamente saberia. Fechei os olhos e esperei pela fumaça verde. Nada. Abri os olhos, respirei fundo e fiquei olhando para o Jesus Cristo no alto da lousa. Não piscaria os olhos por nada, assim minha visão embaçaria e ele viria até mim. Nada. Ele me ignorava. Eu não me sentia nada bem. Queria a companhia dele mais do que qualquer coisa. Só ele me entenderia. Agora Cíntia conversava com Mirela e Alexandra, e as três riam juntas, das mesmas coisas, sem hierarquia. Era uma relação normal, sem guru, sem nada. Apenas três amigas do sexto ano. Senti um frio gelado na barriga.

Fazia dois dias que estávamos estudando os deuses gregos. Hannah pedia para que sentássemos no chão, em roda, e contava histórias de deuses guerreiros. Era o que ela dizia, que sentar em roda e ouvir histórias era uma maneira de estudar. Para mim era bom demais. Aquilo não podia ser estudar, era quase um prazer.

Nesse dia, quando Hannah entrou na sala, Alexandra não se levantou para ir até a roda. Ela tinha perdido a primeira aula nesse novo formato. Foi Cíntia quem a alertou que agora era diferente. Alexandra agradeceu e, de novo, chamou-a de Cintinha. Cíntia riu. Não se incomodava de ser Cintinha.

— E agora, Alexandra? O que vamos fazer com você? — Hannah perguntou.

Alexandra deu de ombros. Provavelmente por não ter entendido a pergunta. Eu não tinha a menor ideia do que fazer com Alexandra, a não ser tratá-la como um ser humano normal. Se possível, amá-la, como vem sendo recomendado há dois mil anos. Mas nem por isso eu ia erguer o braço e dizer algo assim. Felizmente, a resposta veio da própria Hannah.

— Você perdeu a apresentação ecumênica. Mas suas colegas fizeram um excelente trabalho.

— Obrigada — disse Cíntia. — Foi ela quem nos ensinou a meditar.

— Que ótimo! Você costuma meditar, Alexandra? — Hannah perguntou.

— Sempre.

— Então por que você não faz uma apresentação sobre a prática da meditação? — Hannah sugeriu.

— Acho que não... Prefiro falar sobre minha mediunidade.

— Tá bom que você é médium! — Marcelo Galvão interrompeu.

Alexandra ignorou o comentário. Continuou encarando Hannah. A professora, por sua vez, não tirou os olhos de Alexandra. Como as poucas pessoas que se deram ao trabalho de se virar para Marcelo Galvão foram nós, alunos, seu comentário ficou pairando no ar, sem efeito. A mediunidade da Alexandra era uma novidade para todos. Só podia ser esse o motivo da sua nova personalidade! As consequências de ter uma médium na turma eram inomináveis. Era como ter uma janela aberta para o futuro. Se aquilo era verdade, seria o fim dos nossos problemas. Seria o fim da Doroteia! Se Alexandra quisesse, podia receber o espírito de um matemático famoso e ele faria a prova por nós. Pitágoras, por exemplo. Seria uma honra para ele, depois de tantos anos morto, voltar e ver que seu trabalho não foi em vão. Que estava sendo usado para alguma coisa.

— Acabei de descobrir minha mediunidade — Alexandra prosseguiu. — Foi durante o tempo que estive ausente.

— Nesses dois dias? — Marcelo Galvão perguntou.

— Como eu disse, muito recente...

Cíntia me cutucou. Pensávamos a mesma coisa. Tinha sido consequência da bolada. A bolada alterou alguma coisa na cabeça da Alexandra. Tudo que eu sabia sobre médiuns é que eles têm uma antena que sintoniza o mundo dos espíritos. Na verdade, todo mundo tem essa antena no topo da cabeça. Até Doroteia, irmã Lourdes, Marcelo Galvão. Todo mundo. No entanto, algumas não sintonizam nada. Para fazê-la funcionar é preciso exercitar: desenvolver a mediunidade. Mesmo sem querer, Cíntia deve ter aprumado a antena da Alexandra.

— Depois do acidente, minha mãe me levou a um centro espírita pra tomar um passe — continuou Alexandra. — Foi lá que eu descobri. Assim que cheguei ao centro, comecei a me sentir meio zonza e enxergar bolinhas. Desmaiei. Quando acordei, tinha cinco médiuns em volta de mim.

Cíntia me cutucou de novo e perguntou ao meu ouvido se eu estava acreditando. Mais ou menos. Não acreditava completamente.

— Daí, um desses médiuns, bem gordo, disse que quando eu for mais velha vou poder abrir a cabeça, se quiser.

— Como assim? — perguntou Aline Gonçalves.

A resposta veio da Hannah. Ela explicou que "abrir a cabeça", na linguagem do espiritismo, significa desenvolver a capacidade de se comunicar com espíritos. Eu não sabia o que era pior: que a cabeça da Alexandra tivesse uma tampa removível ou que ela pudesse ficar de papo com os mortos.

A ESFIHA TERAPÊUTICA

Na hora do intervalo voltamos ao canto da quadra, como nos tempos em que éramos hindus e meditávamos. Mas desta vez não nos sentamos em roda. Alexandra encostou as costas contra a muretinha e nós ficamos sentadas à sua frente. Ela respirava normalmente, não era possível saber se inspirava ou expirava. Sua coluna não estava reta e as pernas não mais em posição de lótus. Vista assim, relaxada, parecia uma mortal qualquer.

— Vou comprar nossos lanches. Quem vai querer o quê? — Cíntia perguntou.

Pedi um enrolado de presunto e queijo, Mirela um só de queijo e Alexandra uma esfiha de carne.

— Você vai comer carne morta? — Cíntia perguntou.

— Preciso de carne pra voltar pro meu corpo.

Troquei meu enrolado de presunto e queijo por uma esfiha de carne morta. Eu não queria correr o risco de sair do corpo. Mirela continuou com seu salgado de queijo. Decerto queria sair, para ser igual Alexandra.

Alexandra esperou Cíntia voltar com nossos lanches para começar a se explicar. Ela gostava do suspense. A única frase que pronunciou, enquanto esperávamos, foi direcionada a Mirela:

— Você faz bem de manter a dieta. Você sempre foi uma boa discípula, a melhor de todas.

Mirela juntou as mãos e se inclinou para a frente. Fez um movimento de cabeça. Quando Cíntia finalmente voltou, com os salgados e duas coca-colas, que dividiríamos, Alexandra disse que era preciso agradecer pelo pão. Pediu que fechássemos os olhos e disse que agradecia a Deus pelos salgados e refrigerantes, que alimentam o corpo, mas que alimento maior era o alimento do espírito. Minha barriga espiritual roncava. Eu estava louca para saber até que ponto Alexandra conseguia sair do corpo, pois, aparentemente, estava tudo ali. Alexandra mordeu a esfiha de carne, tomou um longo gole de coca-cola e suspirou fundo.

— Era disso que eu precisava. Amém.

— Amém — disseram Cíntia e Mirela.

Não dei amém e Alexandra repetiu um segundo amém, mas eu nada disse. Ela arregalou bem os olhos para mim. Arreguei os olhos de volta, do mesmo jeito. Então ela mordeu uma ponta da esfiha e mastigou sem desviar os olhos de mim. Dei uma mordida ainda maior na minha esfiha e mastiguei de boca aberta para ela.

— Qual o seu problema, Ágata?

— Eu não acredito.

— Em Deus?

— Não, em você.

— Você quer provas, é isso?

— Quero.

Queria mesmo. Até uma semana atrás nós não podíamos comer carne. Agora ela comia esfiha. Quando eu disse que falava com entidades, fui arrastada até o banheiro. Elas me forçaram a engolir Listerine azul-piscina e me desinfetaram com Vick VapoRub. Mas agora que Alexandra entrava e saía do corpo e tinha uma cabeça que abria e fechava nada acontecia. No caso dela, bastava comer esfiha e tomar coca-cola. Não era justo. Ela não era mais nossa guru, nem hindus éramos mais. Ninguém ali tinha uma marca vermelha no terceiro olho. Éramos alunas do sexto ano, comprávamos lanche na lanchonete cheia de gente, tínhamos nosso lugar no canto da quadra e sabíamos potenciação. Estávamos com Doroteia há mais de um mês e ainda não tínhamos enlouquecido. Nenhuma de nós havia saído pelos corredores, batendo a cabeça contra a parede por causa de um problema matemático. Até Cíntia, que era Ovo, deixou de ser Ovo para ser Cintinha, o que já era bem melhor. Agora ela dizia coisas que não eram necessariamente acompanhadas de gargalhadas automáticas. Enfim, tudo estava sob controle. Não precisávamos de guru. Portanto, se Alexandra queria continuar mandando em nós, teria de apresentar provas.

— Isso mesmo, quero provas.

— Perfeito! — respondeu Alexandra. — Não vejo problema algum. Afinal de contas, é tudo muito científico. Posso provar o que vocês quiserem. O que é, exatamente, que você quer que eu prove?

Pensei em dizer que queria que ela abrisse a cabeça ali mesmo, mas me contive. Estávamos lanchando. Além do mais, melhor que ver Alexandra de cabeça aberta seria:

— Quero estabelecer contato com um morto.

— Você quer falar com um morto específico?

Sim, queria falar com Pitágoras. Eu tinha visto um documentário na televisão dizendo que ele foi o inventor da matemática, o culpado de tudo.

— Exatamente — respondi. — Quero falar com Pitágoras.

Alexandra gargalhou. Mirela acompanhou e Cíntia largou a esfiha pela metade.

— Pitágoras? Quem é esse? — Cíntia perguntou.

— É o inventor da matemática — respondi.

— Vai cair na prova?

De repente ela ficou apreensiva.

— Não, calma, Cíntia. Só vamos estudar o teorema de Pitágoras a partir do oitavo ano.

— Teorema de Pitágoras? Ai, meu Deus... De onde você tirou isso?

— Eu vi na tevê!

— Oiê! Podemos voltar pro assunto? — disse Alexandra. — Bem, a coisa não funciona assim. É bem mais complicado.

— Tudo bem, não precisa ser Pitágoras. Pode ser qualquer morto.

Cíntia cochichou no meu ouvido que era para eu parar com aquilo, mas agora eu não podia voltar atrás.

— Perfeito. Que dia é amanhã? Sexta-feira?

Cíntia confirmou que era sexta-feira e Alexandra nos deu as instruções sobre horário e local onde realizaria sua demonstração prática.

O SOPRO DIVINO

— Se quisesse falar com o Pita era só me dar um toque, né, amiguinha?

Pita? Quem era Pita? Do que ele estava falando, com óculos escuros às seis e meia da manhã, vestido com bata psicodélica?

— Pitágoras — respondeu o demônio. — Velho amigo. Meio carrancudo, mas um bom sujeito.

O demônio estava sentado no topo da gruta, um local sagrado. Mandei que descesse. Ele rastejou como um lagarto. Parecia um bicho, com o rabo para fora da calça de capoeira. Estava meio hippie. Um dia de camisa havaiana, no outro de roupas hippies. Ele não tinha um estilo definido. Não era uma pessoa séria.

— Eu sou versátil — disse.

— Você lê meus pensamentos?

— Só os que interessam. Então, vamos ter uma sessão de mesa branca hoje? Se quiser ajuda...

— Não precisa.

— Ahhh, deixa, vai...

— Já disse que não. Vai, cai fora.

Tirei a mochila das costas e corri atrás dele. Gritei "XÔ, XÔ, passa, sai daqui!". Ele se foi. Espantei o demônio com uns "XÔ, XÔ". Foi que nem espantar cachorro vira-lata. Voltei a me sentar atrás da gruta. Era ali o local do encontro, e eu queria provas. Nada de criaturas verdes por perto. Apenas fatos. Quando Mirela e Cíntia chegaram, foram logo perguntando por Alexandra.

— Ela não vem — respondi. — Vai amarelar.
— Claro que vem — defendeu Mirela. — E vai ser horrível. Foi uma péssima ideia.

Eu me sentia como um pistoleiro, pronta para um duelo. O horário não podia ser mais apropriado. O pátio todo estava coberto por uma névoa branca; as pedras da gruta, cobertas por gotinhas de orvalho. Os pássaros estavam de bico calado. Provavelmente perceberam que algo ia acontecer. Contato seria estabelecido.

— Estabelecer contato com mortos... É uma ideia ridícula... — Mirela resmungou.

— Eu achava que nós tínhamos evoluído... — Mirela continuou. — Estávamos meditando, deixando de comer carne... Agora estamos aqui, chamando espíritos do submundo às seis e meia da manhã, só pra tirar a prova.

Mirela disparou a resmungar sobre o que estávamos prestes a fazer. Defendia Alexandra e condenava minha falta de fé. Deixei que falasse. Eu queria tirar a prova. Quando Alexandra chegou, quase enfartamos ali mesmo, ao pé da gruta. Ela não chegou por terra, caminhando como uma pessoa. Alexandra apareceu no topo da gruta. Não sei como chegou até lá, mas ali estava instalada, sentada sobre uma canga de praia.

— Venham até mim — disse.

A gruta estava escorregadia por causa do orvalho. Cíntia derrapou na metade e rolou até o chão. Felizmente, não se machucou. Reiniciou a subida.

— Tenham fé — disse Alexandra, de braços abertos.

Só quando alcancei o topo vi o cenário completo. Em cima da canga havia um tabuleiro de xadrez e todas as letras do alfabeto, cada uma num pedacinho de cartolina, dispostas em círculo. Havia também números, de zero a nove. No centro da circunferência, um copo virado para baixo. Alexandra pediu que Mirela se sentasse à sua direita, Cíntia à sua esquerda e eu à sua frente. Mandou que fechássemos os olhos e fizéssemos um minuto de silêncio. O minuto durou muito mais que um minuto. Abri os olhos três vezes durante esse intervalo. Nas três vezes topei com Alexandra me encarando, de olhos escancarados, enquanto Cíntia e Mirela ficaram de olhos fechados. Então eu voltava a fechar os olhos, não porque essa fosse a ordem, mas para fugir da cara da Alexandra me olhando daquele jeito descarado. Finalmente ela se deu por satisfeita:

— Podemos abrir os olhos. Eles já estão aqui.

Cíntia olhou para todos os lados: muro, portão, pátio. Tudo deserto.

— Quem está aqui? — perguntei, também olhando ao redor.

Alexandra colocou o dedo indicador sobre o copo. Fiz o mesmo. Depois Mirela e, por fim, Cíntia. O copo deslizou como uma flecha para a letra D. Cíntia tirou o dedo e disse que queria parar. Sua voz era de choro. Enfiou as mãos nos bolsos do agasalho e pediu desculpa a Alexandra. Disse que estava com medo e não queria tocar no copo.

— Tudo bem, Cintinha — Alexandra respondeu. — Só não saia daqui. Aqui você estará segura.

Alexandra chamou Cíntia para junto dela e Cíntia foi, como um cachorrinho bem treinado. Ela tremia, e eu me senti a pior pessoa do mundo.

— Podemos continuar? — Alexandra perguntou.

A pergunta era para mim. Fiz que sim com a cabeça e coloquei a ponta do dedo sobre o copo. Mirela e Alexandra fizeram o mesmo. Ele deslizou em linha reta para a letra E. Com isto tínhamos "De...". Cíntia fez o sinal da cruz, Mirela tirou o dedo. Alexandra pediu que ela continuasse conosco e seu dedo retornou ao copo. Voltamos a nos concentrar, olhos fechados. De repente, uma ventania fez com que uma letra levantasse voo. O quadradinho rodopiou pelo ar, girou, girou e voltou ao tabuleiro. Caiu bem em cima do copo. Era a letra "U". Cíntia soltou um gritou e rolou gruta abaixo, meio correndo, meio caindo. Pegou sua mochila, atravessou o pátio e saiu pelo portão. Mirela a seguiu, gritando para que voltasse e terminasse o que havia começado, porque se não encerrássemos eles ficariam pairando pela escola e daí seria pior. No meio desse alvoroço, perdemos controle do copo. Ele tombou, deslizou pelo tabuleiro e seguiu a mesma trilha que Cíntia. Rolou gruta abaixo e se estatelou no chão. Alexandra e eu descemos a gruta feito duas serpentes, deslizando pelas pedras com uma agilidade sobrenatural. Catamos todos os cacos de vidro, letras e números. Voltamos para cima e recolhemos a canga e o tabuleiro. Agimos rápido, sem precisar olhar uma para a cara da outra. Alguns alunos começavam a chegar. Assim que Mirela e Cíntia voltaram, Alexandra nos empurrou para dentro da gruta, onde ficava a Virgem Maria. Pediu que déssemos as mãos e rezássemos uma Ave-Maria. Rezei olhando para o pé da Virgem, que apareciam sob a túnica branca. Só a ponta dos dedos. Pedi que recolhesse os espíritos que havíamos espalhado. Eu sabia que era uma coisa indecente de se pedir, mas indecência maior seria deixá-los ali, pairando. Aproveitei para pedir perdão. Por tudo. Ofereci todos meus pecados numa bandeja e pedi perdão por todos eles. Soou o sinal da primeira aula.

POSSIBILIDADES DE "DE"

Nesse dia, ao final da aula, voltei para a gruta. Depois de passar por uma inquisição, tudo que eu queria era um pouco de silêncio. Nunca antes havia passado por uma inquisição. Mas esse é o melhor termo para descrever o que aconteceu no canto da quadra durante o intervalo. Alexandra, Mirela e Cíntia resolveram que Deus havia interrompido seus afazeres para provar para mim que ele estava ali, presente e ativo.

— É óbvio que era ele. Para bom entendedor, meia palavra basta. E ele deu três letras de seu nome: "DEU...". Quem mais podia ser? — Mirela perguntou.

Eu discordava. O U não valia, foi acidente. O copo não tinha ido até o U. Ele que se atirou sobre nós. Mas Alexandra, Mirela e até Cíntia insistiram que o U tinha, sim, sido uma manifestação de Deus. O U veio por um sopro divino. Foi um recado de Deus para mim. Para que eu parasse de duvidar dele e da Alexandra. Ainda tentei protestar dizendo que, de concreto, tínhamos apenas "De", que poderia ser alguma ex-aluna que morrera no banheiro, chamada Denise; ou Décio, um professor de geografia que teria se matado pulando da janela do terceiro andar; ou o Demônio, que esteve ali minutos antes. Mas quanto a esta última opção eu não disse nada. Deus era óbvio. Eu sabia que ele estava em todos os lugares. Não tinha graça. Fiquei decepcionada.

— Você queria sensacionalismo barato — foi a conclusão de Mirela.

— Esse tipo de coisa eu não faço — disse Alexandra.

— O que é que você queria? — Cíntia perguntou.

Respondi que não precisava ser Deus ou o Demônio em pessoa. Podia ser um morto qualquer. Denise, a ex-aluna, qualquer um. Eu queria saber como era a vida dos mortos, só isso. Então elas perguntaram por que eu me interessava pelos mortos se tinha três amigas vivas. Respondi que com elas eu conversava o tempo todo e elas eram como eu, não sabiam nada do além. As três responderam que elas, ao contrário dos mortos, lanchavam comigo e eu poderia sempre contar com elas, e que enquanto estivéssemos vivas teríamos que nos preocupar com as coisas daqui, não as de lá. Argumentei que eu tinha curiosidade e elas perguntaram se eu queria morrer. Respondi que queria, para saber como é. Durante algum tempo fiquei ali, com cara de suicida sem fé que despreza as amigas por elas estarem vivas e que está decepcionada, mesmo que Deus tenha se manifestado na minha frente. Era uma situação constrangedora. Tentei consertar dizendo que eu podia esperar. Concordei em morrer bem velhinha, não tinha pressa. Isso aliviou um pouco o clima. Alexandra perguntou se eu estava bem.

— Você está bem, Ágata?

Era uma pergunta sincera. Disso eu tive certeza, porque ela completou dizendo:

— Na verdade, eu não falo com mortos. Isso leva tempo. Se eu treinar, pode ser que algum dia eu fale. Por enquanto não consigo.

Percebi então que para mim era indiferente se Alexandra conversava ou não com mortos. Eu conversava diariamente com uma criatura verde e não via pecado algum nisso.

— Há quem diga que é sinal de loucura — disse o demônio, à entrada da gruta.

— Entre, por favor.

— Não, obrigado.

— É por causa da Virgem Maria que você não quer entrar? — perguntei.

— Fico constrangido.

Eu não sairia da gruta para me juntar a ele.

— Ela não se importa — eu disse.

É claro que a Virgem se importaria de ter uma criatura verde lá dentro. Eu queria ver até onde ia a ousadia dele.

— Realmente, eu estou bem aqui.

Ele estava estirado numa cadeira de praia, ainda de bata psicodélica e óculos escuros. Sorria. Acho que queria me dizer algo.

— Era você? Não era?

— Hum?

— Hoje, no jogo. Era você o "De...".

O demônio tirou os óculos e esfregou os olhos. Bocejou.

— Ágata... Por favor...

— Responda.

— Você acha que eu tenho tempo pra essas besteiras?

Se alguém ali tinha tempo para besteiras, era ele.

— Sim, acho.

— Pois não era eu. Arnaldo, era eu?

— Não era ele.

Arnaldo estava treinando arremessos numa cesta de basquete. A cesta imaginária ficava no topo da gruta. Se não era o demônio, só podia ser Denise, Décio ou Deus.

— Deus, então?

Arnaldo colocou a bola debaixo do braço e o demônio dobrou a cadeira de praia. Os dois se desfizeram sem responder minha pergunta. Eu nunca saberia. Virgem Maria continuava com os pés à mostra, pálidos. Ela é a advogada de Deus. Diria que foi ele, sim.

Dentro de alguns minutos minha perua partiria sem mim. Ouvi a buzina da última chamada. Lembrei-me do primeiro dia do sexto ano, quando, escondida atrás da banca de jornal, deixei que Mirela decidisse o que fazer com minha franja, com minha camiseta, com minha fivela. Agora Mirela pouco se importava comigo. Eu pouco me importava com minha franja. Não me sentia mais como uma gosma amorfa de lagarta que deixou de ser lagarta e precisa se reorganizar numa sopa de DNA para virar borboleta. Havia me livrado daquele monte de perninhas. Minha alma não era oca. Ela comportava vários deuses, uma criatura verde e muita coragem.

Desdobrei minhas novas asas coloridas e voei até a perua.

Caio Guatelli/Acervo da autora

QUEM É ÍNDIGO

A escritora Índigo nasceu em Campinas, em 1971, com o nome Ana Cristina A. Ayer de Oliveira. O pseudônimo que adotou vem do tempo em que morava nos Estados Unidos, onde cursou Jornalismo e trabalhou no Café Índigo. Quando começou a escrever, ainda sem saber se era isso mesmo que queria fazer, usou o nome que acabou tornando-a conhecida.

Além de vários livros infantojuvenis sempre muito bem-humorados, muitos deles com animais como protagonistas, Índigo também vem escrevendo blogs desde o século passado. Para ela, os blogs são uma forma de manter o texto vivo e em boa forma. Os livros, por sua vez, exigem um trabalho mais profundo de linguagem e também têm uma resposta mais demorada, já que não só levam mais tempo para serem escritos como para chegarem ao leitor.

Reconhecida por vários prêmios e apreciada por adultos e crianças, Índigo não se preocupa com a faixa etária de seu leitor quando está escrevendo. O importante, segundo ela, é compor uma boa história.

Atualmente, tem mais de vinte livros publicados, além de participações em coletâneas, traduções e adaptações de clássicos.

Para conhecer mais sobre a autora: www.livrosdaindigo.com.br

Esta obra foi composta
nas fontes Knockout e Scala Sans,
sobre papel Pólen Bold 90 g/m²,
para a Editora Scipione.